手籠め人源之助秘帖
とろけ姫君

睦月影郎

コスミック・時代文庫

この作品は二〇一四年十二月学研パブリッシングから刊行された「とろけ姫君」を加筆修正したうえ改題したものです。

目次

第一章　淫らな裏稼業《うらかぎょう》に第一歩

一

「おお、恭二郎《きょうじろう》じゃないか。長崎《ながさき》から戻ったのか」

草壁《くさかべ》恭二郎が訪ねていくと、源之助《げんのすけ》が満面の笑みで迎えてくれた。

「え……？　兵頭三郎《ひょうどうさぶろう》殿……？」

「ああ、今は医者で剃髪《ていはつ》し、鉄丸《てつまる》源之助と名乗っているんだ」

「そうでしたか。家を間違えたかと……」

恭二郎も安心し、招かれるまま上がり込んだ。

「養子に入って一年、すっかり元の名は忘れてしまったよ。お前も一年ぶりの江戸か」

源之助は言い、長火鉢の鉄瓶《てつびん》から茶を淹《い》れてくれた。

恭二郎は茶をすすり、いかにも医師として落ち着いている源之助を見た。学問所で肩を並べていた仲である。

恭二郎は、源之助より一つ下の十八歳で、同じ貧乏御家人だ。

一年前、源之助こと兵頭三郎は町医者、鉄丸源斎《げんさい》の養子となり源之助と名をあらためた。

同じ時期、恭二郎は長崎に遊学。医術を学んで、一年ぶりに江戸へ戻ってきたのだった。

恭二郎は家へ戻って着替え、湯屋に行って学問所に挨拶《あいさつ》をし、さらに兵頭家に顔を出し、ここを聞いて来たのだった。

「そうか、あっという間の一年だったな」

「ええ、でも何を学んできたのか心許《こころもと》ないです」

恭二郎は答えた。学問所からの送金は一年間という限りがあったので、ろくに休む暇もなく蘭学《らんがく》に専念し、明日から学問所で講師の手伝いもしなければならなかった。

「まあ、ゆっくり飯でも食おう。今夜は泊まっていって構わぬからな」

源之助は言って中座し、どこか外へ行ってから、暫《しばら》くして戻ってきた。確かに、懐かしさに夢中で会いに来てしまったが、もう夕餉《ゆうげ》どきだった。

すると間もなく、三十代半ばほどの美女が酒と肴《さかな》を持ってきてくれた。

「うちの大家で、薬種問屋越中屋《えっちゅうや》の内儀《おかみ》、お美津《みつ》さんだ。いつも世話になっている」

「左様ですか。草壁恭二郎です」

彼は辞儀をし、恐縮しながら盃《さかずき》をうけた。美津は、すぐに引き上げてしまった。家はすぐ前にあるらしい。

「長崎で、酒の方は？」

「いいえ、不調法で、ろくに飲む機会もありませんでした」

話しながら、恭二郎はちびちびと酒を含み、美津の手作りらしい煮物や香々《こうこ》をつまんだ。

「女の方は？」

「とんでもない。狭い部屋で何人ものむさ苦しい男たちと寝起きし、送金も少ないので、女を買うような金も暇もありません」

源之助に言われ、恭二郎は手を振って答えた。

「いや、岡場所でなく町娘と懇《ねんご》ろになるとか」

「それもありません」

「では、まだ無垢《むく》か」

「そうですが、兵頭、いや鉄丸先生は……」

「それなりにあるが……」

「あるのですか……」

源之助の言葉に、恭二郎は思わず身を乗り出した。

学問所の頃は互いに切磋《せっさ》琢磨《たくま》していたが、こと女への興味も互いに強く、こっそり手に入れた春本《しゅんぽん》の貸し借りをし、女体とはどのようなものかと話し合ったこともあったのだ。

長崎では、自分の部屋もなかったから、手すさびも厠《かわや》でこっそり抜くしかなく、実に不自由な思いをしてきたのである。

そして今日、久々に家へ帰ったら兄の二番目の子が産まれており、すっかり手狭になっていたから、しばらくは学問所に泊めてもらい、そのうち長屋でも探そうと思っていたのだ。

良い養子の口なども当分はないだろうが、それでも長屋なら狭くても心置きなく手すさび出来ると思い、少し期待していた。

それほど恭二郎は、淫気に悶々《もんもん》としていたのだった。

「どのような女と……」

恭二郎がさらに追及しようとすると、さっきの美津が戻ってきた。

「先生、横丁のご隠居さんの具合が悪くなったので、来てくれませんかって」

呼ばれて、源之助は杯を干して立ち上がった。

「いよいよご隠居も駄目かな。恭二郎、済まないがどれぐらいで戻れるか分からん。勝手に飲み食いして寝てくれ」

彼は言って十徳《じつとく》を羽織り、慌ただしく出ていってしまった。

足音が遠ざかると、恭二郎は嘆息して肩の力を抜いた。

「お酒と肴、足りますか」

「あ、いえ……。もう充分ですので」

残った美津が言ってくれ、恭二郎は酔いばかりでなく頬を熱くして答えた。

何しろ女と話すなど滅多になかったのだ。

いつも間にか日が落ち、暮れ六つ（午後六時頃）の鐘《かね》の音が聞こえてきた。

酒は僅《わず》かで充分だったので、彼は残りの肴を空にした。

「先生から伺いました。長旅でお疲れだったのでしょう。ゆっくりおやすみ下さいね」

美津が言い、次の間に行燈《あんどん》の灯を移し、床を敷き延べてくれた。

「あ、申し訳ありません……」

「では」

彼女は、またすぐに部屋を出て行ってしまった。

恭二郎はまた小さく溜息をつき、立ち上がると勝手に厠を借りてから部屋に戻り、袴《はかま》と着物を脱ぎ去った。

せっかくだから横になって、源之助の帰りを待とうと思ったのだ。

文化《ぶんか》十三年（一八一六）霜月《しもつき》半ば。

部屋は薄寒いが身体が火照《ほて》り、襦袢《ジュバン》も脱いで下帯《したおび》一枚で横になり、掻巻《かいまき》を掛けた。

いつ源之助が戻るか分からないので、二間の行燈はそのままにした。

目が冴《さ》え、眠気も襲ってこなかった。

すると、その時である。

いつの間に入ってきたのか、襦袢姿の美津が傍《かたわ》らに座ったではないか。

どうやら帰ったのではなく、別の部屋で着物を脱いでいたようだが、彼はほろ酔いで、そんな気配にも気づかなかったのだった。

「あ……！」

「どうか、そのまま」

慌てて飛び起きようとしたが美津に押さえられ、彼女も添い寝してきた。

「い、いったい何を……」

「どうにも、私は無垢な男を見ると堪《たま》らなくなるんです」

美津が耳元で熱く囁《ささや》き、横になったまま襦袢を脱ぎ去ってしまった。もう腰巻も着けておらず、たちまち彼の隣で一糸《いっし》まとわぬ姿になってしまったのである。

「どうか私に初物を下さいませ。どうしてもお嫌なら諦《あきら》めますが」

「い、嫌ではありませんが……」

恭二郎はしどろもどろに答え、混乱と戸惑いに身も心もぼうっとなってきてしまった。

あるいは眠ってしまい、夢でも見ているような心地さえした。

「わあ、良かった」

美津は言って半身を起こし、何とも豊かな白い乳房を揺すりながら、彼の掻巻をめくり、下帯を解きはじめたのである。

（う、うわ……！）

恭二郎は声にならぬ声を洩らし、金縛りに遭《あ》ったように身動きすら出来なくなっていた。

たちまち下帯が取り去られ、彼は美津と同じく全裸になってしまった。

そして混乱する心根とは裏腹に、若々しい一物《いちもつ》がピンピンに屹立《きつりつ》していたのである。

「まあ、なんてご立派な……」

美津が息を弾ませて言い、そっと手を伸ばし、やんわりと包み込んできた。

ほんのり汗ばんで生温かな手のひらに握られ、恭二郎は夢のような快感に包み込まれた。

「い、いきそう……」

「まあ……、それなら一度出しておしまいなさい。お若いのですから、どうせ続けて出来ますでしょう」

彼が身を震わせながら言うと、美津が言っていきなり屈《かが》み込んできたのだ。

そして、あろうことか幹を握りながら先端にチロチロと舌を這わせ、鈴口《すずぐち》から滲《にじ》む粘液を舐め取ってくれた。

「アア……」

恭二郎は、自分の身に何が起きたのかも把握《はあく》できないほど舞い上がり、ただされるままヒクヒクと肌を震わせるばかりだった。

一物を舐めるなど、春本の中だけの話かと思っていたのだが、町方ではごく普通に行うのだろうか。

さらに美津は張り詰めた亀頭を舐め回し、そのままスッポリと喉の奥まで呑み込んでいったのである。

二

「ああ……。い、いけません……」

股間に熱い息を受けながら、恭二郎は絶頂を迫らせて声を震わせ、腰をくねらせた。

しかし美津は、強烈な愛撫を止めようとしなかった。

深々と含んで、唇で幹をキュッと丸く締め付けて吸い、口の中ではチロチロと舌が蠢《うごめ》き、亀頭にからみついてくるのだ。

たちまち肉棒は美女の生温かな唾液にどっぷりと浸り、断末魔《だんまつま》のようにヒクヒクと脈打った。

しかも射精してはいけないと思いつつ、身体の方が無意識に反応し、恭二郎はズンズンと股間を突き上げてしまったのだ。

すると美津も、それに合わせて小刻みに顔を上下させ、濡れた口でスポスポと濃厚な摩擦を繰り返してくれたのだった。

もう限界である。

彼は溶けてしまいそうに大きな絶頂の快感に全身を貫かれ、あっという間に昇り詰めてしまった。

「く……！」

警告を発する余裕もなく、突き上がる快楽に呻《うめ》きながら、恭二郎はありったけの熱い精汁を、ドクンドクンと勢いよくほとばしらせ、美女の喉の奥を直撃した。

「ク……、ンン……」

美津は噴出を受け止めると、驚いた様子もなく、小さく鼻を鳴らして吸い付いてきた。

人の口に出すなど、とんでもないことをしてしまったと思ったが、もう噴出は止めどなく続き、しかも彼女の吸引も手伝って、とうとう最後の一滴まで出し尽くしてしまったのだった。

しかも全て出してからも彼女が吸うので、恭二郎は駄目押しの快感に、魂《たましい》まで吸い出される心地で腰をよじった。

「ああ……、どうか、もう」

降参するように声を絞り出すと、ようやく美津もスポンと口を引き離してくれた。

そして余りをしごくように幹を握ったまま、鈴口に膨《ふく》らむ白濁《はくだく》の雫《しずく》まで、舌先で丁寧に舐め取ってくれたのだった。

「く……！」

恭二郎は、射精直後で過敏になっている亀頭をヒクヒク震わせて呻いた。

やっと美津が舌を引っ込め、添い寝し腕枕してくれた。

彼も甘えるように胸に抱かれ、甘ったるい美女の体臭に包まれながら、うっとりと余韻に浸ったのだった。

「濃い精汁がいっぱい出ましたね。気持ち良かったですか」

美津が囁くが、恭二郎は荒い呼吸を繰り返し、ただ小さく頷《うなず》くのが精一杯であった。

「さあ、少し休んだら私を好きにして構いませんからね」

美津が言い、彼は休む余裕もなく、すぐにも淫気が回復して硬くなってしまった。

何しろ長崎でも、日に二度三度と厠で慌ただしい手すさびに明け暮れ、今朝船で江戸に着いてからは抜いていないし、ろくに船中では出来なかったから、今の射精が二日ぶりだったのだ。

そのまま恭二郎は美津の方を向き、腋《わき》の下に顔を埋《うず》め込んだ。

生ぬるく湿った柔らかな腋毛には、なんとも甘ったるい汗の匂いが濃厚に籠もり、悩ましく胸に沁み込んできた。

「触れて構いませんか……」

恐る恐る乳房に手を伸ばして言うと、

「ええ、触れても吸っても構いません……」

美津が答えて彼に手を重ね、膨らみに押しつけながら、もう片方の乳首を彼の口に押しつけてきた。

恭二郎もチュッと吸い付き、コリコリと硬く突き立った乳首を舌で転がし、もう片方を揉《も》みしだいた。

顔中を豊かな膨らみに押しつけると、何とも心地よい弾力が感じられ、まるで搗《つ》きたての餅《もち》にでも潜り込んだようだった。

「アア……、いい気持ち……」

美津が熱く喘《あえ》ぎ、仰向けの受け身体勢になっていった。

彼ものしかかるようにして、もう片方の乳首も含んで舐め回した。

ほんのり汗ばんだ胸の谷間と、腋からは生ぬるい体臭が漂い、さらに喘ぐ口から吐き出される息も入り混じった。

美津の吐息に精汁の生臭さは残らず、白粉《おしろい》のように甘く悩ましい刺激が含まれ、心地よく鼻腔《びこう》をくすぐってきた。

そして恭二郎は左右の乳首を交互に味わい、充分に堪能すると、白く滑《なめ》らかな熟れ肌を舐め下りていった。

本当は、未熟な自分が積極的に愛撫するなど気恥ずかしいのだが、美津はすっかり息を弾ませ、うねうねと身悶《みもだ》えているので、次第に好き勝手に動けるようになっていった。

腹に行くと形良く色っぽい臍《へそ》を舐め、張りのある腹部に顔中を押しつけて弾力を味わった。

豊満な腰からムッチリとした太腿に下り、さらに丸い膝小僧から滑らかな脛《すね》に舌を這わせていった。

本当は早く陰戸《ほと》を見たいのだが、そうするとすぐ入れたくなり、あっという間に終わる気がした。せっかく射精したばかりなのだから、少しでも女体の隅々まで味わい、肝心な部分を最後に取っておきたかったのだ。

足首まで行くと、彼は美津の足裏にも舌を這わせ、顔中を押しつけて感触を味わった。

彼女が嫌がったり避けたりしないのが嬉《うれ》しく、指の間に鼻を割り込ませるとそこは汗と脂《あぶら》に生ぬるく湿り、蒸《む》れた匂いが濃く籠もっていた。

恭二郎は美女の足の匂いを貪《むさぼ》り、爪先にしゃぶり付いて、順々に指の股を舐め回した。

「あう……、汚いのに。嫌じゃないんですか……」

美津が声を上ずらせて呻き、彼の口の中で唾液に濡れた指先をキュッと縮めて舌を挟み付けてきた。

充分に味わうと恭二郎は、もう片方の足も味と匂いが薄れるほど貪ってしまった。

そして彼は腹這いになり、美津の脚の内側を舐め上げながら、ゆっくりと憧《あこが》れの神秘の部分に顔を進めていった。

武士が女の股に顔を潜り込ませるなど、実際にはいけないことなのかも知れない。まして相手は町家の女である。

しかし自分もしゃぶってもらったし、美津も全く抵抗を感じていない様子だから、彼も突き進んでしまった。

こうした場面を春本を読んだときも、こればかりは何とか実現させたい憧れの行為だったのだ。

両膝の間に顔を割り込ませ、張りのある滑らかな内腿を舐め上げていくと、やがて股間から発する熱気と湿り気が顔中に感じられてきた。

美津を大股開きにして顔を迫らせると、

「アア……、恥ずかしい……」

彼女が目を閉じて熱く喘いだ。

恭二郎は鼻先を寄せ、神秘の部分に目を凝《こ》らした。

色白の肌が下腹から股間に続き、ふっくらした丘には黒々と艶《つや》のある茂みが密集し、下の方は露《つゆ》を宿していた。

割れ目からはみ出した陰唇も興奮に色づき、内から滲む淫水にヌメヌメと潤《うるお》っていた。

彼は春本の陰戸を思い出しながら、そっと指先を当てて陰唇を左右に広げ、ゴクリと生唾《なまつば》を飲んだ。

中は綺麗な桃色の柔肉で、内部の下の方には襞の入り組む膣口が艶《なま》めかしく息づき、少し上にはポツンとした尿口の小穴も確認できた。

そして包皮の下からは、男の亀頭を小さくしたようなオサネが、ツヤツヤと光沢を放ってツンと突き立っていた。

なんと美しくも艶めかしい眺めだろう。

恭二郎はしげしげと観察し、股間にこもる熱気を嗅《か》いだ。

「そ、そんなに見ないで……」

美津が、無垢な視線と熱い息を感じて声を震わせた。

やがて彼は、吸い寄せられるようにギュッと美女の中心部に顔を埋め込んでいった。

柔らかな茂みに鼻を擦《こす》りつけると、隅々には腋に似た甘ったるい汗の匂いが濃厚に籠もり、下の方には悩ましい残尿臭も入り混じり、心地よく鼻腔を刺激してきた。

恭二郎は美女の体臭を胸いっぱいに嗅ぎながら、舌を這わせていった。

ヌメリは淡い酸味を含み、舌の動きを滑らかにさせた。

彼は膣口の襞をクチュクチュと掻き回し、柔肉をたどって、ゆっくりとオサネまで舐め上げていった。

三

「ああッ、気持ちいいわ……！」

美津がビクッと顔を仰《の》け反《ぞ》らせ、内腿でムッチリと恭二郎の両頬を挟み付けながら喘いだ。

彼も、自分の拙《つたな》い愛撫で大人の美女が感じてくれるのが嬉しく、熱を込めてオサネを舐めては、トロトロと熱く溢《あふ》れる淫水をすすった。

やはり春本に書かれていた通り、オサネが最も感じるようだった。

さらに恭二郎は、美津が感じてくれているので勇気をもって彼女の豊満な腰を浮かせ、白く丸い尻の谷間にも顔を寄せていった。

指でグイッと双丘を広げると、奥に薄桃色の可憐《かれん》な蕾《つぼみ》がひっそり閉じられていた。鼻を埋め込み、尻の丸みに顔中を密着させて嗅ぐと、淡い汗の匂いに混じった、秘めやかな微香が胸に沁み込んできた。

こんな観音様のような美女でも、やはり厠に行くのだという、当たり前のことすら大発見のように思え、恭二郎は興奮を高めながら執拗《しつよう》に嗅ぎ、舌を這わせていった。

細かに震える襞を舐めて濡らし、舌先を潜り込ませるとヌルッとした滑らかな粘膜に触れた。

「あう……」

美津が呻き、キュッキュッと肛門で舌を締め付けてきた。

彼が充分に内部で舌を蠢かせると、鼻先にある陰戸から新たな蜜汁が溢れてきた。

ようやく舌を引き抜き、雫を舐め取りながら陰戸に戻っていった。

再びオサネに吸い付き、舌先で弾くように舐め回すと、

「お、お願い。入れて……」

美津が声を上ずらせてせがみ、恭二郎も二度目の射精が待ちきれなくなったように身を起こしていった。

本手《ほんて》(正常位)で股間を進め、ぎこちなく先端を濡れた陰戸に押しつけていくと、彼女も僅かに腰を浮かせ、しかも股間に指を当てて陰唇を広げて誘導してくれた。

「ここです……。突いて……」

言われるまま股間を突き出すと、張り詰めた亀頭がヌルッと潜り込んだ。

そのまま根元まで吸い込まれると、熱く濡れた柔肉が何とも心地よく一物を包み込んできた。

さっき彼女の口に出したばかりでなかったら、この挿入の摩擦だけであっという間に果てていたことだろう。

股間を密着させ、温もりと感触を味わいながら恭二郎は、とうとう女と一つになったのだと感慨に浸った。

「脚を伸ばして、重なって……」

下から言われ、彼は締まりとヌメリで抜けないよう股間を押しつけ、そろそろと片方ずつ脚を伸ばしてのしかかっていった。

「アア……」

すると美津が両手を回して喘ぎ、恭二郎も熟れ肌に身を預けた。

胸の下では豊かで柔らかな乳房が押し潰《つぶ》れて弾み、ほんのり汗ばんだ肌の前面が密着した。恥毛が擦れ合い、さらにコリコリする恥骨の膨らみまで伝わってきた。

「腰を前後に、突いて下さいませ。強く奥まで……」

美津が甘い息で囁き、待ちきれないようにズンズンと股間を突き上げはじめてきた。

恭二郎もそろそろと腰を遣《つか》い、摩擦快感を味わったが、突き上げとの調子が合わず抜けそうになってしまった。

「あ、あの、上になって頂けますか……」

彼は恐る恐る言った。

春本を見て、最初は手ほどきを受けながら女に組み敷かれるのが憧れだったのだ。

「はい、いいですよ……」

美津が言ってくれたので、恭二郎は股間を引き離し、ゴロリと仰向けになっていった。

すぐ彼女も入れ替わりに身を起こし、淫水にまみれた一物に跨《また》がり、先端を陰戸にあてがって腰を沈み込ませてきた。

屹立した一物は、ヌルヌルッと滑らかに呑み込まれてゆき、再び深々と膣内に納まった。

「アア……」

美津が顔を仰け反らせて喘ぎ、完全に座り込んでピッタリと股間を密着させた。

そしてグリグリと股間を擦りつけるように腰をくねらせてから、ゆっくりと身を重ねてきた。

恭二郎も快感を味わいながら、下から両手を回して抱き留めた。

僅かに両膝を立てると、局部のみならず、内腿や尻の感触も心地よく伝わってきた。

美津が腰を突き動かしはじめると、今度は仰向けなので彼の腰も安定し、股間を突き上げはじめても抜けそうにはならなかった。

次第に互いの動きが一致し、恭二郎も高まっていった。

美津は粗相《そそう》したように大量の淫水を漏らして動きを滑らかにさせ、クチュクチュと卑猥《ひわい》に湿った摩擦音を響かせていた。

恭二郎が唇を求めると、すぐに美津も上からピッタリと唇を重ねてくれた。

「ンン……」

彼女が熱く鼻を鳴らし、舌を潜り込ませてネットリとからみつけてきた。

恭二郎は熱く湿り気ある美女の息を嗅ぎ、白粉臭の甘い刺激に酔いしれながら、生温かな唾液に濡れた舌を舐め回した。

美津が下向きのため、清らかな唾液がトロトロと滴《したた》り、彼は呑み込んでうっとりと喉を潤した。

唾液と吐息に酔いしれながら突き上げの勢いを強めていくと、美津も激しく股間を擦りつけ、膣内の収縮を活発にさせていった。

「い、いきそう……」

と、彼女が口を離し、淫らに唾液の糸を引きながら口走った。

たちまち彼女はガクンガクンと熟れ肌を狂おしく波打たせ、そのまま気を遣《や》ってしまったようだ。

「き、気持ちいい……。アアーッ……！」

声を上げて身悶え、恭二郎も膣内の収縮に巻き込まれ、そのまま昇り詰めてしまった。

「く……！」

突き上がる快感に呻き、同時に熱い大量の精汁をドクンドクンと勢いよく内部にほとばしらせた。

「あうう、熱いわ。もっと出して……」

美津は熱い噴出を受け、駄目押しの快感を得たように呻いた。

恭二郎も大きな快感を味わいながら、心置きなく最後の一滴まで出し尽くしたのだった。

口に出して飲んでもらうのも震えるように心地よかったが、やはり男女が一つになり、快感を分かち合うことが最高なのだと心から実感した。

すっかり満足して徐々に突き上げを弱めていくと、

「アア……」

美津も満足げに声を洩らし、熟れ肌の強《こわ》ばりを解いて、グッタリと彼にもたれかかってきた。

まだ膣内の収縮は名残惜《なごりお》しげに繰り返され、刺激されるたび過敏になった一物が内部でヒクヒクと跳ね上がった。

そのたび美津も感じすぎるのか、彼の震えを押さえつけるようにキュッときつく締め上げてきた。

恭二郎は力を抜いて美女の重みと温もりを受け止め、熱くかぐわしい息を間近に嗅ぎながら、うっとりと快感の余韻を嚙み締めたのだった。

「いかがでした。これが女ですよ……」

「ええ……、夢のようです……」

美津が熱い息を弾ませて囁くと、恭二郎も呼吸を整えながら小さく答えたのだった。

やがて彼女がそろそろと身を起こし、股間を引き離した。そして懐紙《かいし》を手にし、手早く陰戸を拭ってから、精汁と淫水にまみれた一物を包み込み、優しく拭き清めてくれた。

「では、おやすみなさいませ」

美津は身繕《みづくろ》いをして言い、行燈を吹き消して出ていった。

(そうだ、ここは兵頭、いや鉄丸先生の家だったのだ……)

今さらながら恭二郎は思い出し、暗い天井を見ながら、我が身に起きたことを一つ一つ振り返った。

しかし、さすがに長旅で疲れていたのだろう。間もなく彼は深い眠りに落ちていったのだった……。

四

「いつ頃お帰りになっていたのですか」

「ああ、隠居も持ち直したのでな。向こうで休ませてもらったから、ついさっきだった」

翌朝、朝餉の膳を囲みながら恭二郎が訊《き》くと、源之助はやつれた様子もなく答えた。

朝食は、また美津が来て仕度してくれた。

もちろん何事もなかったような素振りで、少し恭二郎は寂しく、やはり夢だったのかとさえ思ってしまった。

彼が厠と洗顔を済ませると、もう源之助は厨《くりや》にいたのだった。

「今日から学問所か」

「はい。勤番小頭《きんばんこがしら》という役職をもらったので、僅かながら俸給も出ます」

「そうか。勤番は一日中か」

「いえ、昼には終わります」

恭二郎は、飯をかき込んで答えた。

「ならば、住まいを斡旋《あっせん》したいのだが」

「本当ですか。もう実家の方は手狭で邪魔者扱いですし、そうそう学問所に泊まり込むのもどうかと思っていたものですから。で、それはどこの長屋でしょうか」

言われて、恭二郎は顔を輝かせて訊いた。

「いや、長屋ではなく、黒門町《くろもんちょう》にある一軒家だ。昌平坂《しょうへいざか》には近いだろう」

「借家ですか。家賃はいかほどで」

彼が言うと、源之助は、互いの空になった茶碗に茶を注いでくれた。

「只《ただ》だ。その代わり用心棒という名目になる」

「わ、私はご承知のように剣術の方はからきし……」

恭二郎が言うと、源之助は順々に話してくれた。

「その家は、実は北関東にある浦上《うらがみ》藩の中屋敷なんだ。そこに鞠江《まりえ》という十九になる姫君が療養している。その離れが空いているんだ」

「ど、どうか詳しく……」

「はっきり言うと、その鞠江姫を犯し、出来れば孕《はら》ましてもらいたいのだが」

「な、何ですって……。大名の姫君を……？」

「大名ではない。三千石で城も持たぬ陣屋敷の小名だな」

「それにしたって、領地があれば一国の姫君ではありませんか。なぜ私が、その姫君を犯して孕ませないといけないのです……」

「人助けだ。私は、町医者の他に裏稼業を持っている」

「裏稼業……」

恭二郎は言い、これは深い事情があるのだろうと居住まいを正し、茶をすすって喉を潤した。

「そう、私は先代の鉄丸源斎から、町医者のみならず、その裏稼業も引き継いだのだ」

「それは、どういう……」

「手籠《てご》め人《にん》と言い、色事に関する依頼を果たすのが役割だ」

「手籠め人……」

「金をもらい、恨みのある女を犯したり、あるいは道ならぬ二人を別れさせたり、はたまた感じぬ女を開発させ、夫婦仲を丸く収めたり、仕事は多様に山ほどある」

「そのような生業《なりわい》が……」

確かに、若い源之助が町医者だけでやってゆくには、まだまだ患者の数も少ないことだろう。

「それで、姫君を犯せとの依頼は、どこから……」

「本人だ」

「え……?」

恭二郎は、驚きの連続に頭が混乱してきた。

「鞠江姫は、ある祝言《しゅうげん》を断りたいゆえに、孕んでしまいたいのだ。出来れば、武士の子を。お前は学問もあり顔立ちも端整。淫気も強いので申し分ないと思った」

「び、貧乏御家人でも……?」

「そうだ。すでに元締めであるお美津さんからもお墨付きをもらった」

「も、元締め……」

また恭二郎は驚愕《きょうがく》に目を丸くした。

「で、では、何もかもご承知の上だったのですね。なんて人の悪い……」

彼は詰《なじ》るように言った。

どうやら源之助は、恭二郎が美津を相手に筆おろししたことは承知、いや、すでに打ち合わせ済みだったのだろう。そして隠居の急病も、あるいは芝居だったのかも知れない。

「さて、嫌なら降りてもらう。受けてもらうなら最後まで話す」

「伺います！　ここまで聞いたら、どうか最後まで」

言われて、恭二郎は度胸を据えて答えた。それに手籠め人という裏稼業にも強い興味が湧いたのだ。

「ああ、よかった。お前とは一緒に働きたかったのだ。学問のみならず、女への憧れをあれこれ語り合った唯一の同輩だからな」

源之助は、安堵《あんど》の笑みを浮かべて言い、さらに詳しい事情を話しはじめてくれた。

浦上藩は、先代が死に、二十三歳の若君が藩主になったばかりだった。

しかし国許の川が氾濫《はんらん》して領地の大半が大被害を受け、いまは治水《ちすい》工事に大童《おおわらわ》なのだった。

だから江戸屋敷の男手も、全て国許へと帰り、莫大《ばくだい》な借金をした。

藩邸に残っているのは若君と家老、僅かな老重臣と女たちのみ。

そこで多額の金を出したのが材木問屋、布袋屋《ほていや》の嘉兵衛《かへえ》。彼は妻を亡くした三十九歳。

火事の多い江戸で、上総《かずさ》の山林を持つ嘉兵衛は大富豪であった。

その嘉兵衛がたいそうな女好き、しかも生娘《きむすめ》が好みだった。

金にあかせて愛妾《あいしょう》も多いだろうが、彼の望みは武家の女、しかも一国の姫君を妻にすることだった。

今すぐではない。年が明けた正月、不惑《ふわく》と二十歳《はたち》の夫婦になることが嘉兵衛の夢だったのである。

すでに多額の借金をしている浦上藩は、その申し出を断ることも出来ず、家老も苦渋《くじゅう》の選択をし、若君は泣く泣く妹を差し出すことを約束してしまったのだった。

豪商が台頭し、武家の威光が地に落ちた昨今、さして珍しい話ではない。

まして後ろ盾《だて》もなく、国許が困窮している小藩に、他の選択はなかったのである。

「そこで、中屋敷に侵入した暴漢に犯されたことにし、孕んでしまえば、生娘が何より好きな嘉兵衛は諦め、また婚儀を断る口実になる」

「なるほど……」

「そして、どうせ孕むなら武士の子で、それを立派に育てたいのだと」

「しかし、暴漢に襲われたとなると藩名にも傷が付きましょう。それに下手人《げしゅにん》探しの大捕物になるかも」

「下手人は、そこらの破落戸《ごろつき》のせいにでもしておけば良い。武家屋敷への押し込みで、女が犯されるようなこともないではない。表沙汰《おもてざた》にはしないが噂《うわさ》を広め、駄目押しで孕んだとなれば嘉兵衛も諦めよう」

「とにかく正月まで、ふた月足らずだ。急いでもらいたい」

「ほ、本当に、鞠江姫は承知しているのですね。でも、私を見て嫌だと言うかも……」

「大丈夫だ。今日の昼過ぎにも行ってほしい。学問所へ迎えをやって案内させよう」

「は、はあ……。分かりました……」

恭二郎は答えた。仮に、姫君に断られたにしても、特に自分の身に危険はないだろう。

やがて恭二郎は源之助の家を辞し、まずは湯屋に寄ってから、実家に帰って着替えなど当面の荷を抱え、昌平坂学問所へと行った。

まずは気持ちを切り替え、職務に専念しなければならない。

多少の緊張はあったが、長崎で一年間蘭学を学んできたということで一目置かれ、まだ知り合いも多くいたので講義の真似事も恙《つつが》なく終えた。

そして仕事を終え、実家でもらった握り飯の昼餉を済ませると、恭二郎はまた荷を抱えて学問所を出た。

すると、そこに十八ばかりの町娘が待っていたのだ。

「草壁恭二郎様ですね。私は越中屋の娘で民《たみ》と申します」

「え、お美津さんの娘か……」

彼は、愛くるしい笑窪《えくぼ》の美少女に頬を熱くさせて言った。

「はい。黒門町の家までご案内します」

民は言い、恭二郎も一緒に歩きはじめた。

母親の美津は手籠め人の元締めと言うが、この可憐な娘が知っているとも思えないので、それについては彼も言わなかった。

「中屋敷には、警護の家臣はいないのだろうか」

恭二郎は気になって訊いた。

「御家来衆は皆お国許ですので、警護は一人だけ、佐久間雪絵《さくまゆきえ》様という二十歳ちょっとの武芸者が」

「お、女の警護役か……」

「それと、鞠江姫様の侍女である、秋乃《あきの》様が」

民は、詳しい事情も知っているように言い、やがて黒門町に着いた。

五

「ここです。では私はこれで」

浦上藩中屋敷の門の前で、民は言って引き返してしまった。

恭二郎は門から入り、玄関で訪《おとな》うまでもなく、庭で木刀を振っている稽古着《けいこぎ》姿の女丈夫《じょじょうふ》と目が合った。

これが警護役の、佐久間雪絵であろう。

長い髪を後ろで引っ詰めて垂らし、濃い眉と切れ長の目が凛々《りり》しい、長身の美形だった。

なるほど、しなやかで力強い素振りで、いかにも強そうに見えた。

「あ、鉄丸先生に伺って参りました。草壁恭二郎と申します」

「おお、聞いている。私は佐久間雪絵。どうぞ中へ」

言うと彼女も木刀を下ろし、玄関から案内してくれた。

雪絵のあとから従うと、ほんのり甘ったるい汗の匂いが感じられ、女を知ったばかりの恭二郎は胸の奥がモヤモヤしてきてしまった。

小藩の中屋敷にしては、なかなか大きな建物で庭も広く、間数も多いようだった。

先に雪絵が奥へ行って何か話し、すぐ彼が呼ばれて座敷へ入った。

なんと、そこにはすでに床が敷き延べられ、布団の上に寝巻姿の姫君らしき娘が座り、髪も結わず長く垂らしていた。

いかにも療養中といった風情《ふぜい》だが、実際意に染まぬ婚儀を待ち、すっかり気鬱《きうつ》になっているようだった。

もう一人、侍女の秋乃らしき、三十少し前の美女も居り、二人は目を上げて恭二郎を見た。

彼は大刀を右に置き、平伏した。

「学問所勤番、小頭の草壁恭二郎と申します」

「秋乃です。こちらが鞠江姫様です」

「は……」

もう一度、恭二郎は深々と頭を下げた。

二人の美女、いや部屋の隅に端座した雪絵を含め、三人が値踏みするように恭二郎を見つめ、彼は顔が熱くなってきてしまった。

鞠江も、少々不器量でも致し方ないと思っていたが、それがとびきり可憐な美女ではないか。眉は薄墨を刷《は》いたように淡く、黒目がちの澄んだ眼差《まなざ》しが彼を見つめている。

これほど美しければ、豪商の嘉兵衛が執着し、是非にも欲しがるのも無理はない気がした。

室内にも、女たちの体臭か、生ぬるく甘ったるい匂いが立ち籠め、噎《む》せ返るようだったが、女同士には分からないのだろう。

秋乃も色白で均整の取れた体つきをし、濡れたような赤い唇がなんとも艶めかしかった。

皆それぞれに魅力的で、もちろん恭二郎は、三人もの美女と同じ部屋にいるのは生まれて初めての経験であった。

「もう話はお聞きかと思いますが、私が、姫様とご相談して決め、噂を頼りに鉄丸殿に行き着いて依頼したのです。殿もご家老も知らず、事情を知るのは元締めと鉄丸殿、そしてここにいる者だけです」

秋乃が言った。

「では、雪絵様も？」

浦上藩の家臣ではない雪絵に訊くと、彼女は頷いた。

「私もまた、手籠め人の一人」

「え……」

言われて、恭二郎は驚いた。

長崎へ行っている一年の間に、同輩だった兵頭三郎こと源之助が別の世界の住人になり、さらに手籠め人なる裏稼業が跋扈《ばっこ》しているとは夢にも思わなかったものだ。

そして、この美しい女武芸者まで仲間というのだから、雪絵も仕事によっては男と情交したりするのだろう。それを思うと、いや、この姫君が抱けると思うと、彼は激しく勃起してしまった。

「私は、亡くなった先代の最後の側室でした。今は姫君の身の回りのお世話をしております」

秋乃が言う。彼女は二十八歳ということだった。

先代も、病に伏すまでは精力もあり、この秋乃もかなり快楽を知っているものと思われた。

「姫様。この恭二郎殿で構いませんね？」

「ええ……」

秋乃に言われ、鞠江も小さく頷いた。元より武家同士は、互いの顔も知らず婚儀に臨むこともあるし、淫猥な嘉兵衛に抱かれることを思えば、恭二郎で文句はないようだった。

「では、早速ですが精汁を頂戴します。私が立ち会っても構いませんか」

「は、何でも仰《おっしゃ》る通りに致しますので」

「ではお脱ぎ下さいませ」

言われて、恭二郎は期待と興奮に胸を高鳴らせながら、大小を部屋の隅に置いて立ち上がり、袴を脱ぎはじめた。

すると雪絵は、邪魔してはいけないと思ったか部屋を出て行った。

それにしても長崎から江戸へ戻り、すぐ源之助を訪ねたのは大正解だったようだ。

まさかこんな女運に満ちた展開が待っているとは夢にも思わなかったが、淫気が解消できるなら、これほど幸福なことはない。

彼は袴と着物を脱ぎ、襦袢も脱ぎ去った。

「では、それも解いてここへ仰向けに」

秋乃が言い、鞠江も移動して布団を開けてくれた。

恭二郎は下帯を解き放ち、全裸になって仰向けになった。

枕にも布団にも、姫君の生ぬるく甘ったるい匂いが沁み付き、一物はピンピンに屹立していた。

「何と逞しい……」

秋乃が、肉棒を見て嘆息混じりに言った。恭二郎は色白で小柄だから、一抹《いちまつ》の不安があったようだが、勃起しているのを見て安堵したようだった。

しかし鞠江の方は、生まれて初めて見る男のものに息を詰め、それでも熱い視線を釘付《くぎづ》けにしていた。

「では、もう少し股を開いて下さいませ」

秋乃が言ってにじり寄り、恭二郎も二人分の視線に羞恥と興奮を覚えながら大股開きになっていった。

「では姫様、もっとこちらへ」

言うと鞠江も近づき、じっと肉棒を見下ろしていた。

「これが、男のものでございます。これが陰戸に入り、気が高まると鈴口から子種を含んだ精汁がほとばしり、上手《うま》くすると孕みます。ほとばしるとき、たいそう男が心地よくなり、女も、最初は痛いけれど慣れるうち、ことのほか心地よくなって気を遣ります」

「秋乃。このように太く大きなものが入るのか。このものは特に大きいのではないか……」

秋乃が言うと、鞠江が不安げに答えた。

「男により大小の差はありましょうが、恭二郎殿は普通よりやや大きめ。しかし陰戸は、あらゆる大きさが受け入れられるよう出来ております」

秋乃が言い、鞠江を促して立ち上がると、すぐに二人して帯を解きはじめたのである。

恭二郎は仰向けで勃起したまま、衣擦《きぬず》れの音を聞き、みるみる脱いでゆく二人を興奮しながら見上げていた。

さらに着物の内に籠もっていた熱気が解放されて揺らめき、室内に満ちる甘ったるい女臭が濃くなっていった。

たちまち二人は、一糸まとわぬ姿になっていった。

秋乃は羞じらいつつ熟れ肌を晒《さら》し、逆に生娘である鞠江は、幼い頃から人に身の回りの世話をされていたから羞恥は感じられず、大胆に無垢な肌を露《あら》わにしていった。

秋乃は着痩せするたちなのか、着衣だとほっそり見えたのに、実に豊かな乳房を息づかせていた。大人しげな顔に似合わず恥毛も濃く、白い肌に印された紐《ひも》の跡も艶めかしかった。

鞠江はさすがに輝くような玉の肌をして、張りのありそうな乳房は形良く、乳首も乳輪も初々《ういうい》しい薄桃色をしていた。股間の翳《かげ》りも淡く、恭二郎は初めて見る生娘の裸に激しく興奮した。

「では、先に私がお手本を見せます。恭二郎殿、茶臼《ちゃうす》(女上位)で構いませんか?」

「はい。しかしその前に、濡らした方が滑らかだと思いますので、よろしければお舐めしますので顔を跨いで下さいませ」

「え……？」

恭二郎が思い切って言うと、驚いた秋乃がビクリと身じろいだ。

第二章　姫君は濡れやすき生娘《きむすめ》

一

「そ、そのようなこと、構わないのですか……」

秋乃が、目を輝かせて言う。

相当に興味が湧いたようだった。恐らく先代藩主はろくな愛撫もせず、すぐに挿入してきたのだろう。

「はい。私も未熟者ですが、初回は痛いと聞いております。舐めて濡らせば、幾分は和《やわ》らぐかと存じ、まずは秋乃様がお手本を」

恭二郎が、興奮に幹を震わせて言うと、秋乃もその気になったようだ。

「ぶ、武士が女に顔を跨《また》がられ、お嫌ではありませんか……」

「私は貧乏御家人ですし、こたびは仕事で参っているので、どのようなことも厭《いと》いません。姫様のためと思い、どうか」

言うと、秋乃も興奮に頬を紅潮させ、淫気と義務感に突き動かされ、彼の顔の方に迫ってきた。

「本当によろしいのですね……」

秋乃は小さく声を震わせて言い、恐る恐る仰向けの彼の顔に跨がり、ゆっくりと厠《かわや》に入ったようにしゃがみ込んできた。

「アア……、恥ずかしい……」

彼女は息を弾ませ、か細く喘《あえ》いだ。

白い脹《ふく》ら脛《はぎ》と内腿がムッチリと張り詰め、恭二郎の鼻先に熟れた陰戸《ほと》が迫ってきた。

同時に彼の顔中に、熱気と湿り気が吹き付け、肌の温もりも感じられた。

肉付きが良く丸みを帯びた割れ目からは、興奮に色づいた陰唇がはみ出し、それが僅《わず》かに開いて桃色の柔肉が覗《のぞ》いていた。

膣口の襞にも白っぽい粘液がまつわりつき、光沢あるオサネもツンと突き立っていた。

恭二郎は豊満な腰を抱き寄せ、柔らかな茂みに鼻を埋《うず》め込んだ。嗅《か》ぐと、甘ったるい汗の匂いと、悩ましいゆばりの匂いが鼻腔《びこう》を掻き回してきた。

彼は美女の熟れた体臭で胸を満たし、舌を挿《さ》し入れていった。

もう舐めて濡らすまでもなく淫水は充分に溢《あふ》れ、淡い酸味のヌメリが舌の動きを滑《なめ》らかにさせた。

膣口に入り組む襞をクチュクチュと掻き回し、柔肉をたどってオサネまで舐め上げると、

「う……！」

秋乃は、姫君の前だから懸命に奥歯を嚙んで喘ぎ声を堪《こら》えた。

しかし呼吸が弾んで、内腿も下腹もヒクヒクと波打ち、新たな淫水がトロトロと滴《したた》ってきた。

元より姫君の前で、若い男と情交の手本を示すと決めたときから興奮が高まっていたのだろう。

さらに恭二郎は白く豊かな尻の真下にも潜り込み、顔中に双丘を受け止め、谷間の蕾《つぼみ》に鼻を埋め込んだ。

秘めやかな微香が鼻の奥を悩ましく刺激し、彼は充分に嗅いでから舌先でチロチロと細かに震える襞を舐め回した。そしてヌルッと潜り込ませて、滑らかな粘

膜まで味わった。

「ク……。そ、そのようなところまで……」

秋乃が息を詰めて言い、潜り込んだ舌先をキュッと肛門で締め付けてきた。

そうしている間にも、陰戸からは大量の淫水が糸を引いて滴り、彼の鼻先を生温かく濡らしていた。

やがて恭二郎は舌を引き抜き、再び陰戸に戻ってヌメリを舐め取り、オサネに吸い付いていった。

「も、もう堪忍《かんにん》……」

秋乃が降参するように嫌々をして言い、自分から股間を引き離してきた。

そして気を取り直すように何度か深呼吸し、そのまま彼の股間に移動していった。

「ひ、姫様。今のように刺激されると、たいそう濡れますので、入れるのも楽になりましょう……」

彼女が言いながら跨ごうとするので、

「出来ましたら、一物《いちもつ》も唾《つば》で濡らしたほうが滑らかかと思いますが……」

恭二郎は幹を震わせて言った。

「承知しました。それも道理なれば、では……」

秋乃は興奮に胸を息づかせ、まずは一物に屈《かが》み込んできた。

そして形良い唇をすぼめ、白っぽく小泡の多い唾液をクチュッと先端に垂らしてきた。

垂らすだけで舐めてくれないのかと思ったが、彼女は唾液の糸をたぐるように口を寄せ、舌で鈴口《すずぐち》を舐め回し、亀頭を含んでくれた。

「ああ……」

恭二郎は快感に喘ぎ、美女の口の中で唾液にまみれた幹を震わせた。

あるいは秋乃も、この愛撫は先代にせがまれて、したことがあるのかも知れない。

しかし、彼女はすぐに口を離して身を起こした。漏らされてはいけないと思ったのだろう。

「では、姫様。ごらん下さい……」

秋乃は言って一物に跨がり、自らの唾液に濡れた先端に、蜜汁が大洪水になっている陰戸を押し当て、息を詰めて味わうように、ゆっくり腰を沈み込ませていった。

鞠江も、終始息を詰め、じっと二人のすることに目を凝《こ》らしていた。

たちまち屹立《きつりつ》した一物は、ヌルヌルッと滑らかな肉襞の摩擦を受けながら根元まで呑み込まれていった。

「アアッ……！」

秋乃はビクッと顔を仰《の》け反《ぞ》らせ、思わず声を洩らしてキュッときつく締め付けてきた。

中は熱く濡れ、恭二郎も暴発を堪えて快感を嚙み締めた。

「きょ、恭二郎殿、どうか漏らさず我慢を……」

「承知しております……」

秋乃が切れぎれに言い、恭二郎も気を引き締めて答えた。

「では姫様。このように交接して下さいませ……」

秋乃は手本を終えて言い、名残惜《なごりお》しげに股間を引き離していった。

すると鞠江が立ち上がり、秋乃以上にためらいなく恭二郎の顔の横に足を置き、もう片方の足を浮かせて跨がってきた。

そしてしゃがみ込み、彼の鼻先に無垢《むく》な陰戸を迫らせた。

熱気が顔中を包み込み、真下から見ると、ぷっくりした丘には楚々《そそ》とした若草がほんのひとつまみ、恥ずかしげに煙《けぶ》っていた。

割れ目は大福を二つ横に並べたようで、その間からは小ぶりの花びらが覗いていた。

そっと指を当てて左右に広げると、生娘の膣口が花弁状に襞を入り組ませて息づき、ポツンとした尿口も確認できた。そして包皮の下からは小粒のオサネが光沢を放って顔を覗かせていた。

しかし無垢な眺めなのに、淫水だけは一人前に溢れ、桃色の柔肉がヌメヌメと潤《うるお》い、今にもトロリと滴りそうに満ちていたのである。

秋乃と恭二郎の情交を見ているうち、すっかり好奇心と淫気が高まっていたのだろう。

舐めるまでもないが、とにかく彼は腰を抱き寄せ、若草に鼻を擦《こす》りつけて嗅いだ。やはり甘ったるい汗の匂いと、ほのかな残尿臭が入り混じり、悩ましく鼻腔を刺激してきた。

恭二郎は、初めて嗅ぐ生娘の体臭に酔いしれながら、舌を這わせていった。

陰唇の内側を舐めると、やはり淡い酸味のヌメリが迎え、彼は無垢な膣口を掻き回して淫水をすすり、小粒のオサネまで舐め上げていった。

「う……」

「心地よいのですね。お声を洩らしても構いません」

鞠江が呻《うめ》くと、秋乃が横から囁《ささや》いた。

本来なら、決して声を洩らすなと教育すべきだろうが、これは夫婦ではなく特別な情交である。

恭二郎も、舌先でチロチロとオサネを弾き、新たにトロトロと溢れてきた蜜汁を味わった。

「アア……、何と、心地よい……」

鞠江が、うっとりと言いながら、とうとうギュッと彼の顔中に股間を押しつけてきた。

あるいは、これほど濡れるのだから、こっそり自分でいじることも知っているのではないかと恭二郎は思った。

さらに彼は、秋乃にもしたように尻の真下に潜り込み、顔中に双丘を密着させながら、谷間の可憐《かれん》な蕾に鼻を埋め込んで嗅いだ。

秘めやかな微香が生ぬるく籠もり、やはり一国の姫君でもちゃんと普通に厠に行って用を足すのだなと思った。

彼は舌先で蕾を舐め、ヌルッと潜り込ませて粘膜を味わった。

「あうう……」

鞠江は呻き、モグモグと肛門を締め付けてきた。

やがて恭二郎は舌を引き抜くと、再び陰戸の真下に戻って新たな蜜汁をすすり、オサネにも吸い付いた。

「アア……」

鞠江の喘ぎ声も間断なく洩れるようになり、身悶《みもだ》えも激しくなっていった。

二

「恭二郎殿、そろそろ良い頃合いかと……」

秋乃が促すと、恭二郎も舌を引っ込めた。すると彼女は、鞠江の身体を支えながら一物へと移動させた。

そして仰向けの彼の股間に跨がらせようとすると、鞠江が一物に屈み込もうとしたのだ。

「姫様、何を……」

「入れる前に、私も舐めたい」

「そ、そのようなことは、なさらなくて良いのですよ。それに、私の淫水で汚れております……」

鞠江の言葉に、秋乃が驚いたように言った。

「構わぬ。秋乃がしたのと同じことをしてみたい」

「こ、困りました。では少しだけですよ……」

秋乃は言い、懐紙《かいし》で屹立した一物を拭《ぬぐ》った。しかし、いくら拭いても鈴口からは粘液が滲《にじ》んだ。

やがて鞠江が顔を寄せ、チロリと鈴口の粘液を舐め、特に不味《まず》くなかったかパクッと亀頭にしゃぶり付いてきた。

「ああ……」

「きょ、恭二郎殿、どうか出さずに……」

彼が快感に喘ぐと、秋乃が不安げに言った。

もちろん承知している。恭二郎も、早く姫君に挿入したいのだから、懸命に我慢していた。

鞠江は小さな口に精一杯張り詰めた亀頭を頬張り、内部でチロチロと舌を蠢《うごめ》かせてくれた。

サラリと流れる黒髪が股間を覆《おお》い、その中に熱い息が籠もり、一物も生娘の清らかな唾液に生温かくまみれて震えた。

「さ、もうよろしいでしょう……」

言うと、ようやく鞠江もチュパッと軽やかな音を立て、吸いながら口を引き離してくれた。

そして鞠江は秋乃に支えられながら身を起こし、今度こそ彼の股間に跨がってきた。

秋乃が覗き込むようにして幹に指を添え、先端を陰戸に押し当てた。

「よろしゅうございます。どうか……」

秋乃が緊張気味に言った。

さすがに、身の回りの世話をし、妹のように思っていた姫君が、初めて会った男を相手に初物を散らそうとしているのだ。誰もが承知の上とはいえ、やはり哀れを感じるのだろう。

しかし鞠江は、いささかのためらいもなく、腰を沈み込ませてきた。

張り詰めた亀頭がズブリと潜り込むと、あとは重みとヌメリに助けられ、ヌルヌルッと一気に根元まで受け入れてしまった。

「あう……！」

ペタリと座り込み、完全に股間を密着させると、鞠江は杭《くい》にでも貫かれたように身を強《こわ》ばらせて呻き、顔を上向けて眉をひそめた。

恭二郎も、初めて得た生娘の感触と温もりを心ゆくまで味わった。

さすがに締まりは良く、中は熱く濡れていた。

鞠江は彼の胸に両手を突っ張り、破瓜《はか》の痛みに硬直していた。

「しばらくのご辛抱です。さ、恭二郎殿、速やかに放って下さいませ」

秋乃が無理な注文をしてきた。

「す、済みません。すぐには出ませんので、淫気を高めるため秋乃様のお乳を吸わせて下さい」

「まあ……。しょ、承知しました……」

恭二郎が言うと、秋乃も少し驚きながら、すぐ添い寝して乳房を突き付けてくれた。

本当は彼も、少し動けば果てそうなほど高まっているのだが、二人の女を相手にするなど滅多にない機会だろうから、少しでも長く保ち、最高の絶頂を得たかったのだった。

恭二郎は、鼻先に突き付けられた乳首に吸い付き、顔中に密着する膨《ふく》らみの柔らかな感触を味わった。

コリコリと硬くなった乳首を舌で転がすと、

「く……」

まだ快感がくすぶっているように秋乃が呻き、生ぬるく甘ったるい汗の匂いを漂わせた。

恭二郎は充分に舐め回し、もう片方の乳首も求めた。やがて両の乳首を味わうと、さらに秋乃の腋《わき》の下にも顔を埋め、色っぽい腋毛に籠もった濃厚な体臭で胸を満たした。

「あ、汗臭いのでは……」

「いえ、匂いがする方が淫気が高まるのです。何しろ、まだ女を知って日が浅いものですから……」

羞恥に身を震わせた秋乃が言うと、恭二郎は鞠江の内部でヒクヒクと幹を震わせながら答えた。

「どうか、足の匂いも嗅がせて下さいませ……」

「あ、足ですって……」

「陰戸や尻の穴も舐めたのですから、もう何でも大丈夫でございましょう」

「アア……」

彼の言葉に羞恥を甦《よみがえ》らせ、秋乃は喘ぎながら彼の顔に足の裏を突き付けてくれた。

恭二郎は美女の足裏を舐め、指の股に鼻を割り込ませ、汗と脂《あぶら》に湿って蒸《む》れた匂いを貪《むさぼ》り、爪先にもしゃぶり付いた。

「く……。そんな、犬のような真似《まね》を……」

秋乃が息を詰めて言いながら、彼の口の中で指先を縮めた。

恭二郎は全ての指の股を舐め、もう片方の足も味と匂いを堪能してから、ようやく口を離した。

「秋乃……。私もお乳を吸ってもらいたい……」

すると鞠江が言い、ゆっくりと上体を倒して身を重ねてきた。

彼も顔を上げ、無垢な薄桃色の乳首を含み、念入りにチロチロと舌で転がしてやった。

「ああ……、くすぐったくて、心地よい……」

鞠江が喘ぎ、キュッキュッと膣内で一物を締め付けてきた。溢れる淫水がふぐりを濡らし、彼の肛門の方にまで生温かくネットリと伝い流れてきた。

姫君の左右の乳首を交互に舐め、さらに腋の下にも鼻を埋め込んでいった。和毛《にこげ》の隅々には甘ったるい汗の匂いが悩ましく籠もり、その刺激が胸の奥から一物に伝わるようだった。

やがて恭二郎はズンズンと小刻みに、様子を見ながら股間を突き上げはじめていった。

「あう……」

「痛いですか、姫様。恭二郎殿、早く精汁を……」

鞠江が呻くと、秋乃が彼女の背をさすりながら言った。

「どうか、口吸いを……」

「世話の焼ける……」

彼が言うと、秋乃は嘆息して言いながらも顔を寄せ、ピッタリと唇を重ねてきてくれた。

恭二郎は柔らかな感触と唾液の湿り気を感じ、股間を突き上げながら舌を挿し入れていった。

滑らかな歯並びを舐めると、秋乃も歯を開き、チュッと吸い付きながら侵入を受け入れてくれた。美女の口の中は、美津に似て白粉《おしろい》のように甘い刺激の匂いが籠もっていた。

恭二郎は湿り気ある息の匂いを嗅ぎながら高まり、滑らかに蠢く舌と生温かな唾液を吸収した。

「もっと唾を……」

唇を触れ合わせたまま囁くと、秋乃もことさら大量に唾液を分泌させてくれ、トロトロと口移しに注ぎ込んでくれた。

彼は小泡の多い粘液を味わい、うっとりと喉を潤した。

すると何と、鞠江も割り込むように唇を重ねてきたではないか。

恭二郎は姫君の口を吸い、甘酸っぱい果実臭の息を嗅ぎながら舌をからめ、清らかな唾液をすすった。

鞠江の唇は柔らかく、可憐な息の匂いを嗅ぐだけで一物が奮い立ち、つい相手が初回というのも忘れて勢いをつけて動いてしまった。

「ンンッ……！」

　すると鞠江が熱く呻き、彼はさらに高まった。

　そして恭二郎は、鞠江と秋乃の唇を交互に吸って舌をからめ、混じり合った唾液と吐息を吸収しながら、とうとう大きな絶頂の快感に全身を貫かれてしまった。

「く……！」

　突き上がる快感に呻き、彼は二人分の贅沢《ぜいたく》な快感を味わいながら、ありったけの熱い精汁をドクンドクンと姫君の奥にほとばしらせた。

「ああ、出しているのですね……」

　秋乃が、まずは一安心というふうに声を洩らした。

　鞠江の方は、激しい突き上げに破瓜の痛みも麻痺《まひ》したようにグッタリとなり、彼にもたれかかっていた。

　恭二郎は心ゆくまで快感を噛み締め、締まりの良い肉壺の中に最後の一滴まで出し尽くした。

　すっかり満足しながら、徐々に突き上げを弱めてゆき、力を抜いていった。

　まだ息づくような収縮を繰り返す膣内に刺激され、彼自身はヒクヒクと過敏に反応した。

　そして彼は、姫君の重みと温もりを受け止めた。

鞠江も、精魂尽き果てたように荒い息遣《いきづか》いを繰り返していた。

彼はその可憐な口に鼻を押しつけ、湿り気ある甘酸っぱい息を間近に嗅ぎながら、うっとりと快感の余韻を嚙み締めたのだった。

三

「どうぞこちらへ。裸のままで構いませぬ」

鞠江が呼吸を整えて身を離すと、恭二郎は雪絵に呼ばれた。

陰戸を見る暇もないので、出血したかどうかも分からない。

鞠江は子種が着床するよう、しばし横になっているようだ。

恭二郎は立ち上がり、全裸のまま着物を持って姫君の寝所を出ると、雪絵に従って廊下を進んだ。

やがて案内されたのは湯殿だった。風呂桶《おけ》には冷めた残り湯があり、恭二郎は手桶に汲《く》んで股間を洗い流した。

「足の裏や尻の穴まで舐めるとは上出来。さすがにお美津さんが見込んだだけのことはある」

稽古《けいこ》着姿《ぎ》の雪絵が言いながら、残り湯を彼に掛けてくれた。

「み、見ていたのですか……」

「それは、同じ手籠《てご》め人《にん》だ。首尾良くいくかどうか見届けないと」

恭二郎が驚いていうと、雪絵がほんのり頬を紅潮させて答えた。

さすがに武芸者だけあり、気配を悟られぬよう襖《ふすま》の陰から覗いていたようだった。

「姫とは、日に一度交接してもらう。そのうち孕《はら》むだろう」

雪絵が言う。

「でも、それで本当に良いのでしょうか。嘉兵衛との婚儀は断れても、もうどこへも嫁《とつ》げないでしょう。生娘でないことが知れ渡り、まして子でもいたとしたら……」

「そこまでは知らぬ、我らの仕事は、姫が孕んで嘉兵衛が諦《あきら》めるまでだ。まああとは秋乃殿と一緒に子育てをして、子持ちでも良いからと言う家臣の中から夫を選ぶかも知れぬ」

「はあ……」

「大切なことは、お前の子だとしても情など移さぬことだ」

雪絵が言い、もう一度ザブリと残り湯を浴びせてきた。

恭二郎は、まだ生娘と情交した余韻から覚めないまま、間近にいる雪絵の甘ったるい汗の匂いを嗅いでいるうち、またムクムクと激しく回復してきてしまった。

「すごい……。二人を相手にしたのに、もうこんなに硬く……」

雪絵が気づいて言った。

「二人と交接したけど、射精は一回でしたので……」

「日に一度では足りぬか」

「足りません。あとは自分で致しますので」

「いや、それは勿体《もったい》ない。私がしたい」

「本当ですか……」

「ああ、夕餉《ゆうげ》のあと離れに行く。待っていてくれ」

雪絵が言うので、恭二郎は念を押した。

「一つお願いが。身体を洗い流さずに来て下さいませ」

「なに、汗臭いのが好きなのか……」

「はい。どうか匂いが濃いままで……」

「いいだろう……」

雪絵は頷《うなず》くと、そのまま湯殿を出て行ってしまった。本当は彼女も、このまま水を浴びて、稽古後の汗を洗い流したかったのだろうが、我慢してくれたようだ。

恭二郎も湯殿を出て身体を拭き、身繕《みづくろ》いをした。

すると、やはり着物を着た秋乃が来てくれ、彼が寝起きする離れへ案内してくれた。

離れへは母屋《おもや》から渡り廊下で行け、六畳一間で布団と寝巻、行燈《あんどん》も用意されていた。

秋乃が出て行ったので、少し休息し、やがて日が傾くころ、夕餉に呼ばれた。

秋乃は先代の側室だった割には働き者で、鞠江の世話のみならず炊事《すいじ》洗濯も甲《か》斐《い》甲《が》斐《い》しく行っているようだ。

三人は厨《くりや》で夕餉を済ませ、鞠江だけは寝所で取ったようだ。

一汁二菜の割に質素なもので酒も出ないが、恭二郎には充分だった。

「ではまた、明日よろしくお願い致します」

秋乃が言い、恭二郎も離れに戻った。

寝巻に着替えると、間もなく、やはり寝巻姿になった雪絵が約束通り入ってきた。

「早く済ませて洗い流したい」

「まあ、そう仰《おっしゃ》らず、ゆっくり味わわせて下さいませ」

恭二郎が言うと彼女は手早く脱いで一糸《いっし》まとわぬ姿になり、彼も着たばかりの寝巻を脱ぎ去り全裸になった。

「どうしたら良い。好きにしてほしい」

「では、横になって下さい」

雪絵に言われ、恭二郎が言うと彼女も素直に布団に仰向けになった。

彼女は我が身をもって、手籠め人の新米である恭二郎の手並みを拝見するようだった。

彼は雪絵の身体を見下ろした。

さすがに、引き締まって頑丈そうな肢体をしていた。肩や二の腕の筋肉が発達し、乳房はそれほど豊かではないが、張りがあり、乳首と乳輪もまだ初々《ういうい》しい薄桃色をしていた。

腹部も筋肉が段々になり、太腿は荒縄でもよじり合わせたようだった。

まず恭二郎は、雪絵の足裏に顔を寄せた。

大きくしっかりとし、踵《かかと》に舌を這わせると硬い感触が伝わってきた。土踏まずはやや柔らかく、太く長い指に鼻を割り込ませると、汗と脂に湿ってムレムレの匂いが籠もっていた。

それでも夕刻、彼と湯殿にいたから、大部分の匂いは洗い流されてしまったのだろう。

爪先をしゃぶり、指の股を順々に舐め、もう片方の足も味と匂いを貪り尽くした。

「どうか、うつ伏せに」

「こうか……」

言うと雪絵も素直に腹這いになり、彼は踵から脹ら脛、汗ばんだヒカガミを舐め上げていった。引き締まった太腿から丸い尻をたどり、腰から背中を舐めると汗の味がした。

「アア……」

雪絵が、顔を伏せたまま小さく喘いで肌を震わせた。

背中は、案外に感じるようで、恭二郎も熱を込めて舌を這わせた。

肩まで行き、長い髪に鼻を埋めて嗅ぐと、そこも甘ったるい汗の匂いが沁み付いていた。

耳の裏側も鼻を押しつけて嗅ぎ、うなじを舐めてから彼は顔を上げた。

「もう一度仰向けに」

言うと雪絵も再び仰向けになり、息づく乳房を露《あら》わにした。

恭二郎は色づいた乳首にチュッと吸い付き、舌で転がしながらもう片方も指でいじった。

自分の拙《つたな》い愛撫で感じてくれるので、気《き》後《おく》れもなく、積極的に思いのまま行動することが出来た。

左右の乳首を交互に含んで舐め回し、顔中で弾力ある膨らみを感じた。

そして腕を差し上げ、腋の下に鼻を埋め、柔らかな腋毛の隅々に籠もった熱気を嗅いだ。

そこは甘ったるい汗の匂いが濃厚に籠もり、悩ましく胸に沁み込んできた。

さすがに、今まで味わった女の中では一番体臭が濃く、恭二郎はうっとりと美しき武芸者の匂いに酔いしれた。

「いい匂い……」

「ああ……」

思わず言うと、雪絵が羞恥と快感に熱く喘いだ。

恭二郎は汗の味のする肌を舐め下り、形良い臍《へそ》を舐め、彼女を大股開きにさせて真ん中に腹這いになった。

そして陰戸の観察は後回しにし、先に雪絵の両脚を浮かせ、襁褓《むつき》でも替えるような格好にさせて尻の谷間に鼻先を迫らせていった。

四

「アア……、そのようなところまで。嫌ではないのか……」

雪絵が声を震わせ、谷間の蕾をキュッと引き締めた。

元より秋乃や鞠江のその部分を舐めたことも覗いていただろうが、さすがの女丈夫《じょうふ》も、そこは恥ずかしいようだった。

年中過酷な稽古で力んでいるせいだろうか、可憐な蕾は枇杷《びわ》の先のように、やや桃色の肉を盛り上げ、実に艶《なま》めかしい形状をしていた。

恭二郎は蕾に鼻を埋め込み、顔中で双丘を味わった。

汗の匂いに混じり、生々しい微香が胸に沁み込んできた。

彼も、美女の恥ずかしい匂いを感じるほど、その女の秘密を握ったような興奮が得られるのだった。

彼は鼻を押しつけて胸いっぱいに美女の匂いを嗅ぎ、舌先でチロチロとくすぐるように蕾を舐めた。

襞が唾液に濡れると、舌先をヌルッと押し込んで滑らかな粘膜を味わった。

「あう……！」

雪絵が呻き、キュッと肛門で彼の舌先を締め付けてきた。

恭二郎が舌を出し入れさせるように蠢かせると、鼻先にある陰戸からトロトロと大量の蜜汁が溢れてきた。

充分に味わってから舌を引き抜き、雪絵の脚を下ろしながら、彼は陰戸に迫っていった。

恥毛は情熱的に密集し、はみ出した陰唇は興奮に色づき、間から覗く柔肉もヌメヌメと熱く潤っていた。さらに指で広げると、襞の入り組む膣口が白っぽい粘膜にまみれて息づき、他の女よりかなり大きめのオサネが包皮を押し上げるように突き立ち、光沢を放っていた。

堪《たま》らず茂みに鼻を埋め込むと、何とも濃厚に甘ったるい汗の匂いが馥郁《ふくいく》と籠もり、それにほのかな残尿臭の刺激も入り混じって、悩ましく鼻腔を掻き回してきた。

恭二郎は淡い酸味のヌメリをすすり、膣口を掻き回して味わい、大きめのオサネまで舐め上げていった。

「アアッ……、いい……！」

雪絵が身を弓なりに反らせ、ムッチリと内腿で彼の両頬を挟み付けながら喘いだ。

恭二郎は、彼女のもがく腰を両手で抱え込んで押さえながらオサネに吸い付き、舌先で弾くように舐め上げては、トロトロと泉のように湧き出す淫水をすすった。

やがて美女の味と匂いを心ゆくまで堪能すると、雪絵が彼の顔を股間から突き放してきた。

「い、入れて……」

彼女は高まると、すっかり女らしくなった声でせがんだ。

「出来れば、茶臼《ちやうす》が……」

「駄目よ。依頼人に合わせて、どんな形にも慣れないと。まずは本手《ほんて》で……」

恭二郎が言うと、雪絵が答えて両膝を全開にしてくれた。

仕方なく身を起こし、激しく勃起した一物を抱えて股間を進めた。

急角度にそそり立った幹を指で押さえて下向きにさせ、濡れた陰戸に先端を押しつけていった。

ヌメリを与え、擦りつけながら位置を探ると、やがて彼は挿入していった。

張り詰めた亀頭が潜り込むと、

「アア……！」

雪絵が顔を仰け反らせて喘ぎ、彼もそのままヌルヌルッと根元まで押し込んでいった。

熱く濡れた肉襞が心地よい摩擦を与え、恭二郎は温もりに包まれながら股間を密着させた。脚を伸ばして身を重ねると、彼女も下から両手を回してしっかりとしがみついてきた。

「突いて。でもまだ我慢して……」

雪絵が熱く囁き、彼も腰を動かしはじめた。

大量に溢れる淫水が律動を滑らかにさせ、クチュクチュと湿った摩擦音を響かせた。

雪絵が我慢して動かずにいてくれるので、恭二郎も好き勝手に動くことが出来た。

高まりながら、いつしか股間をぶつけるように激しく突き動かすと、

「ああ……、いきそう……。でも、まだよ……。今度は、こう……」

彼女が声を上ずらせて喘ぎながら、徐々に体を横向きにさせていった。

恭二郎もいったん身を起こし、抜け落ちないよう股間を押しつけながら、雪絵の下の脚に跨がった。

すると、雪絵は完全な横向きになり、上の脚を真上に上げてくれた。

彼は挿入したまま股間を交差させ、上の脚に両手でしがみついた。

松葉くずしの体位で、局部と内腿の密着感が高まった。

なおも腰を動かすと、やや感触が変わり、これもまた味わいが深かった。

「今度は、後ろ取り（後背位）へ……」

雪絵が言い、さらに一物を締め付けながらうつ伏せになっていった。

締まりの良さとヌメリで押し出されぬよう気をつけ、彼も快感に堪えた。

やがて完全に彼女が四つん這いになり、尻を突き出してきた。

恭二郎も後ろから股間を密着させ、腰を抱えて律動を再開させた。

股間に当たる尻の丸みが心地よく、これが後ろ取りの醍醐味《だいごみ》かと実感したものだった。

彼は雪絵の背に覆いかぶさり、甘い匂いの髪に顔を埋めながら、両脇から回した手で乳房を揉《も》んだ。

「アア……、気持ちいい……」

雪絵が顔を伏せたまま喘ぎ、動きに合わせて尻を前後させてくれた。溢れる蜜汁が動きを滑らかにさせ、彼女の内腿にも伝い流れた。

「ね、そろそろ……」

「いいわ。実は私も茶臼が好き……」

恭二郎が絶頂を迫らせて言うと、雪絵も許してくれた。

彼は身を起こして一物を引き抜き、仰向けになっていった。

すると雪絵も入れ替わりに身を起こし、まずは淫水に濡れて勃起した一物に屈み込んできた。

先端を舐め回し、鈴口から滲む粘液をすすってくれた。

「ああ……」

受け身の体勢になって恭二郎が喘ぐと、雪絵は張り詰めた亀頭を舐め回し、舌先で幹を這い下り、ふぐりにしゃぶり付いてきた。

頑丈で立派な肉体とは裏腹に、愛撫の方は実に細やかだった。

二つの睾丸《こうがん》を舌でくすぐり、さらに彼の脚を持ち上げて肛門も舐め回してくれた。

「く……！」

ヌルッと舌先が侵入すると、恭二郎は妖《あや》しい快感に呻き、モグモグと味わうように肛門で美女の舌を締め付けた。

雪絵も熱い鼻息でふぐりをくすぐりながら、内部でクチュクチュと舌を蠢かせ、やがて引き抜いて脚を下ろしてくれた。

そしてふぐりの真ん中の縫い目を舐め上げ、再び肉棒の裏筋を舌でたどり、先端まで来ると今度はスッポリと喉の奥まで呑み込んできた。

「アア……、気持ちいい……」

恭二郎はうっとりと快感に喘ぎ、美女の温かく濡れた口の中で舌に翻弄《ほんろう》されながら、唾液にまみれた肉棒をヒクヒク震わせた。

雪絵は含みながら鼻息で恥毛をそよがせ、たまにチラと目を上げて彼の反応を見た。

そして顔全体を上下させ、スポスポと濡れた口で摩擦してから、チュパッと引き抜き、身を起こしてきた。

彼の股間に跨がり、唾液に濡れた先端を陰戸に受け入れ、味わうようにゆっくり腰を沈み込ませた。たちまち一物は、肉襞の摩擦を受けながら根元まで呑み込まれていった。

「ああ……、いいわ。奥まで届く……」

雪絵が顔を仰け反らせて喘ぎ、完全に座り込んできた。

恭二郎も温もりと感触に包まれ、股間に女丈夫の重みを感じながら内部でヒクヒクと幹を震わせた。

やがて雪絵は、何度かグリグリと股間を擦りつけてから身を重ねてきた。

彼も両手を回して抱き留め、僅かに両膝を立てて、全身で美女を味わった。

「いい？　私が気を遣《や》るまで我慢して……」

雪絵が囁き、そのままピッタリと上から唇を重ねてきた。

長い舌がヌルッと侵入し、彼の口の中を舐め回した。

そして彼女は、緩《ゆる》やかに腰を動かしはじめたのだ。

恭二郎も、雪絵の花粉のように甘い刺激の息を嗅ぎながら、滑らかに蠢く舌を味わい、注がれる唾液で喉を潤した。

合わせて股間を突き上げると、溢れる淫水がピチャクチャと淫らに湿った摩擦音を立てた。

やがて恭二郎は、じわじわと絶頂を迫らせ、突き上げを激しくさせていった。

五

「い、いきそう……」

「待って。もう少し……。ああ……！」

恭二郎が降参するように言うと、雪絵が大波を待つように目を閉じて答え、なおも激しく股間をしゃくり上げた。

しかし、もう彼も限界に達し、とうとう止めようもなく、そのまま昇り詰めてしまった。

「い、いく……。ああッ……！」

突き上がる快感に口走り、彼は激しく股間を突き上げながら、ありったけの熱い精汁をドクンドクンと勢いよく内部にほとばしらせてしまった。

「き、気持ちいい……。アアーッ……！」

すると、噴出を受けたと同時に雪絵も激しく気を遣り、ガクンガクンと狂おしい痙攣《けいれん》を開始して声を上げた。

膣内の収縮も最高潮になり、恭二郎は心ゆくまで快感を嚙み締め、心地よい摩擦の中で最後の一滴まで出し尽くした。

すっかり満足しながら突き上げを弱め、力を抜いていくと、

「ああ……、良かった……」

雪絵も満足げに声を洩らし、肌の強ばりを解いてグッタリともたれかかってきた。

どうやら辛《かろ》うじて、絶頂が一致したようで彼もほっとした。

雪絵は遠慮なく彼に身を預け、まだ膣内をキュッと締め付けていた。刺激された一物がヒクヒクと内部で跳ね上がると、

「く……、もういい……」

感じすぎた雪絵が呻き、さらにきつく締め上げてきた。

恭二郎は大きな彼女にのしかかられ、重みと温もりを嚙み締めた。そして熱く湿り気ある、甘い吐息を間近に嗅ぎながら、うっとりと快感の余韻を味わったのだった。

やがて呼吸を整えると、雪絵がそろそろと身を起こし、股間を引き離していっ

た。

「もう洗い流して良いか」

「はい、私も行きます……」

言われて恭二郎は一緒に立ち上がり、寝巻と手燭《てしょく》を持って全裸のまま離れを出た。

母屋に入れば、すぐそこが厨と湯殿だ。

昼間の体験で、もう鞠江と秋乃は寝ているらしい。

二人で湯殿に入り、ぬるい湯を汲んで互いに股間を洗った。

「待って、もう一度だけ……」

恭二郎は言い、雪絵の腋の下に顔を埋め、生ぬるく湿った腋毛に籠もる甘ったるい濃厚な汗の匂いで胸を満たした。

雪絵も股間を洗い流しながら、好きにさせてくれた。

彼は、美女の体臭で胸を満たすと、また一物がムクムクと回復してきてしまった。

「まだ足りぬか……」

「済みません。匂いの刺激で……」

雪絵が呆《あき》れたように言い、恭二郎は済まなそうに答えた。

「他にもしてみたいことはあるか」

「ええ、ではこのように……」

言われたので言葉に甘え、彼は簀《す》の子《こ》に座り込み、目の前に雪絵を立たせ、片方の足を浮かせて風呂桶のふちに乗せさせた。

「どうか、ゆばりを放って下さい。どのように出るものか見たいので……」

彼が言うと、雪絵はそれほど驚いた様子もなく、そのまま下腹に力を入れ、尿意を高めてくれた。

あるいは手籠め人として、あらゆる性癖を知り尽くしているのかも知れないと思った。

期待しながら割れ目に口を当て、舌を挿し入れた。湯に湿った恥毛に籠もっていた体臭も、もう洗ったので薄れてしまった。

しかし蜜汁は新たに溢れ、淡い酸味の潤いで舌の動きが滑らかになった。

「アア……、出る……」

上の方から雪絵の声がし、同時に割れ目内部の柔肉が迫《せ》り出すように盛り上がった。そして温もりと味わいが変わり、ポタポタと温かな雫《しずく》が滴ったかと思うと、たちまちチョロチョロとした一条《ひとすじ》の流れになり、恭二郎の口に注がれてきた。

彼は嬉々《きき》として受け止め、美女から出たものを喉に流し込んでみた。

それは味も匂いも淡いもので、飲み込むのに何の抵抗も湧かないのが嬉《うれ》しかった。

しかし勢いが増すと口から溢れ、胸から腹を伝い流れて、回復した一物を温かく浸してきた。

それでも、あまり溜まっていなかったか、間もなく勢いが弱まって流れが治まり、あとは点々と滴るだけになった。

彼は舌を挿し入れてあまりの雫をすすり、残り香にうっとりと酔いしれた。

割れ目内部は新たな淫水が溢れ、たちまち残尿は洗い流され、淡い酸味のヌメリが満ちていった。

ようやく雪絵が股間を放してしゃがみこみ、もう一度股間を洗い流した。

「気が済んだか」

「はい。でもまた勃《た》ってしまいました……」

言われて、恭二郎は甘えるように答え、勃起した一物を突き出した。

「私は、もう今宵《こよい》は充分だ。では口でしてやろう」

「本当ですか……」

雪絵の言葉に恭二郎が声を弾ませると、彼女は手拭いを風呂桶のふちに乗せて、そこに彼を座らせた。

恭二郎を大股開きにさせると、雪絵は座ったまま顔を進め、先端を舐め回してくれた。

さらに両手で幹を包み込み、錐揉《きりも》みするように動かした。

「ああ……、き、気持ちいい……」

彼は快感に喘ぎ、美女の艶めかしい舌と指の愛撫に、たちまち最大限に膨張していった。

雪絵も巧みに舌をからめ、スッポリと喉の奥まで呑み込み、頬をすぼめてチューッと引き抜きながら、指で幹やふぐりを刺激した。

「い、いきそう……」

急激に高まった恭二郎は、幹を震わせて口走った。あまり長引いても申し訳ないので、絶頂を堪えることもしなかった。

すると雪絵が顔全体を前後させ、唾液に濡れた口でスポスポと強烈な摩擦を開始してくれた。

「アアッ……、いく……！」

ひとたまりもなく絶頂の快楽に包まれ、恭二郎は口走りながら勢いよく射精した。

すると雪絵が口を離し、両手で錐揉みしながら愛撫を続けてくれたのだ。

激しくほとばしる精汁が、彼女のすらりとした鼻筋を直撃し、さらに顔中に白濁《はくだく》の液が飛び散った。

「ああ……」

雪絵はうっとりと喘ぎ、涙のように精汁で頬を濡らしながら、舌も伸ばして鈴口を舐めてくれた。そして余りの噴出を口に受け、最後の一滴まで吸い出したのだった。

顔を汚し、唇を濡らした美女の顔は何とも妖しく美しかった。

恭二郎も、自分より格上の武家女の顔を汚《けが》すという、禁断の興奮にいつまでも鼓動《こどう》が治らなかった。

「あうう……。どうか、もう……」

なおも幹をしごかれ亀頭をしゃぶられながら、彼は降参するように呻いて腰をよじらせた。

ようやく雪絵もスポンと口を引き離し、鈴口に舌を這わせて余りの雫をすすってくれた。恭二郎は息を震わせ、幹を過敏に脈打たせながら快楽の余韻に浸り込んだ。

「ああ……。何度しても勢いが良くて頼もしい……」

雪絵も幹から離れ、頬を流れる精汁に舌を伸ばして言った。

そして雪絵は顔を洗い、呼吸を整えた彼の股間も流してくれ、一緒に湯殿を出た。

体を拭いて寝巻を着ると、そこで別れ、雪絵は自分の与えられた部屋に戻っていった。

恭二郎も離れに戻り、行燈の灯を消して布団に横になった。

(何という日々だろう……)

長崎にいる頃には、思いもしなかった展開が待っており、まだ恭二郎はこれが現実のものとは思えなかった。

そういえば、江戸へ来てまだ一度も手すさびしていないのである。それは実に驚異的であった。

明日もまた、何人かの女と満足する射精ができるのだろう。それを期待しながら、彼は深い眠りに落ちていったのだった。

第三章　町娘の花弁は蜜に濡れ

一

「昨日はうまくいったようですね」

「え……。お民も、裏稼業《うらかぎょう》のことを知っているの……？」

同い年の民に言われ、恭二郎は驚いて言った。

今日も彼女は、昼過ぎに学問所に来て、彼と一緒に歩いていたのだ。

恭二郎は朝、秋乃の作った握り飯を持って昌平坂に行き、講義を終えて昼餉《ひるげ》を済ませ、また黒門町の中屋敷に行くところだった。

「もちろん知っているわ。それに、さっき中屋敷に寄って、秋乃様から色々聞きました。姫様も、昨日の今日だけれど、またして構わないと仰《おっしゃ》っているようだから、うんと嫌ではなかったのね」

民が笑みを含み、無邪気《むじやき》な口調で言った。

「それより、なぜ迎えに来たんだい？」

「ええ、ちょっとお付き合い頂こうと思って。あ、そこです」

恭二郎が訊《き》くと、民は答えながら裏道に入り、一軒の家に入っていった。

一緒に従うと二階に案内され、そこには二つ枕と床が敷き延べられ、桜紙も用意されていたのである。

「こ、ここは……」

「ええ、待合ですよ。中屋敷へ行く前に、私が色々と教えておくことがあります。秋乃様より、私の方が姫様と年が近いから」

民が言い、くるくると帯を解き始めてしまった。

「え……」

「さあ早く、恭二郎様も脱いで」

言われて、とにかく彼も混乱しながら大小を隅に置き、袴《はかま》を脱ぎはじめた。民は、なんの屈託もなく着物を脱ぎ、みるみる健《すこ》やかな小麦色の肌を露《あら》わにしていった。

やはり美津の娘だから、いずれは手籠《てご》め人《にん》の元締めを継ごうというのだろうか。

それにしても十八で、抵抗なく脱ぐ姿を見た彼は戸惑った。

やがて一糸《いっし》まとわぬ姿になった民は、布団に仰向けになった。

顔立ちは美津に似た美形で申し分ないし、形良い乳房も、やがて美津のように豊かに成長する兆《きざ》しを見せ、艶《なま》めかしく息づいていた。

「来て。ここを見て下さい」

やがて恭二郎も全裸になると、民は呼んで、立てた両膝を左右全開にした。

彼も恐る恐る腹這いになり、彼女の股間に顔を進めていった。

ぷっくりした丘には楚々《そそ》とした恥毛が淡く茂り、丸みを帯びた割れ目からは薄桃色の花びらがはみ出していた。

すると民は、いきなり自ら股間に指を当てるなり、大胆にも両の人差し指で陰唇をグイッと左右に広げ、中身を丸見えにさせたのだ。

艶めかしい眺めと、股間に籠もる熱気と湿り気に、思わず恭二郎はゴクリと生《なま》唾《つば》を飲んで目を凝《こ》らした。

襞の入り組む膣口が息づき、ポツンとした尿口も見え、光沢あるオサネも包皮の下からツンと突き立っていた。

桃色の柔肉は、まだそれほど潤《うるお》っていなかったが、彼の視線を感じ、何度か膣口が羞恥にキュッと引き締まった。

「オサネは誰でも感じますが、あまり長くいじったり舐めたりしない方がいいです。それより、穴の方を感じさせるのが大事です」

民は、全く口調を変えずに説明してくれた。

「最初は、オサネを舐めながら、穴をいじると良いです。ここが、このように感じる人と……」

彼女が可憐《かれん》な声で言いながら、まず自分の指先を膣口に浅く挿《さ》し入れ、側面を小刻みに擦《こす》った。

「片側だけで良いのかな……？」

「ええ、感じると締まるので、結局は両側を擦ることになりますので。それから、ここが感じる人もいます」

民は続け、穴の真下の部分を擦った。

「なるほど、ここが感じるとは思いもしなかった……」

「はい。あとは中の天井です」

彼女が言って、一番長い中指を膣口に押し込み、天井を圧迫するように擦った。

この年齢で陰戸《ほと》の感覚を知り尽くしているような、空恐ろしささえ感じられた。

「オサネを舐めながら、してみて下さい」

「はい……」

思わず恭二郎は、講義を受ける側になって返事をしていた。

そして顔を埋《うず》め込み、柔らかな若草に鼻を擦りつけ、隅々に籠もる匂いを嗅《か》いだ。

やはり甘ったるい汗の匂いが可愛らしく沁み付き、下の方にはほのかなゆばりの匂いも入り混じっていた。恭二郎は何度も深呼吸して美少女の体臭を吸い込み、オサネに舌を這わせていった。

チロチロと舐め、ついでに自分の人差し指も舐めて、膣口の周りに這わせていった。

まずは彼女が手本を示したように、側面を指の腹でクチュクチュと小刻みに擦ってみた。

「あん……、いい気持ち……」

すると民が喘《あえ》ぎ、内腿でキュッと彼の顔を挟み付けてきた。

次第に指の動きが滑《なめ》らかになり、微《かす》かに湿った音も聞こえはじめてきた。

民が、熱い蜜汁を漏らしはじめたのだ。

側面を摩擦すると、確かに陰戸が締まり、ついでに反対側の側面も擦ることとなった。

さらに真下の部分にも指の腹を這わせ、そして手のひらを上に向けて奥まで潜り込ませ、天井の膨《ふく》らみも擦った。

「あうう……、もっと優しく……。そこは強く押すと、ゆばりが出てしまうことがあります……」

民がヒクヒクと白い下腹を波打たせながら、努めて冷静な声で言った。

恭二郎も優しい愛撫に切り替え、天井を擦ると、次第に収縮も活発になってきた。

「最初は、穴の中はあまり感じませんから、常にオサネを可愛がって下さい。それから、人によってはお尻の穴も……」

民が言うので、恭二郎はいったんヌルッと指を引き抜いて、彼女の腰を浮かせ、白く丸い尻の谷間に顔を寄せていった。

可憐な薄桃色の蕾《つぼみ》が閉じられ、鼻を押しつけて嗅ぐと、やはり秘めやかな微香が恥ずかしげに籠もっていた。彼は美少女の匂いを貪《むさぼ》ってから、舌先でチロチロと襞を濡らした。

充分に濡れると、ヌルッと潜り込ませて粘膜も味わった。

「あう……」

民が呻《うめ》き、キュッと肛門を締め付けてきた。

恭二郎は舌を出し入れさせ、やがて口を離し、左手の人差し指を浅く肛門に潜り込ませた。

そしてそっと蠢《うごめ》かせながら、再び膣内に指を押し込み、さらにオサネを舐め回した。

「ああ……、いいです。とっても上手《じょうず》……」

民が次第に息を弾ませ、前後の穴で彼の指を締め付けてきた。

恭二郎もオサネを吸い、肛門に入った指を小刻みに出し入れさせ、膣内の天井を指の腹で優しく圧迫した。

「い、いっちゃう……、漏らしたらごめんなさい……。アアッ……！」

たちまち民が声を上ずらせ、ガクガクと腰を跳ね上げて悶《もだ》えた。

前後の穴は、彼の指が痺《しび》れるほどきつく締まり、なおも指の蠢きとオサネの吸引を続けていると、

「く……！」

民が呻き、チョロッと熱いゆばりが漏れてしまった。

恭二郎は口をつけてすすり、美少女から出たもので喉を潤した。

しかし一瞬漏れただけで治まり、布団を濡らすほどではなかった。

「ああ……」

民は声を洩らし、ヒクヒクと肌を震わせてグッタリとなった。

恭二郎も舌を引っ込め、ゆばりと淫水の混じったヌメリをすすってから、前後の穴からヌルッと指を引き抜いた。

肛門に入っていた指に汚れの付着はなく、爪にも曇りはなかったが微香が感じられた。

膣内の指は攪拌《かくはん》されて白っぽく濁《にご》った粘液にまみれ、ほのかに湯気が立ち、指の腹も湯上がりのようにふやけてシワになっていた。

やがて恭二郎は、身を投げ出して荒い呼吸を繰り返している民に添い寝し、同い年だが甘えるように腕枕してもらった。

すると彼女も、優しく胸に抱きすくめてくれた。

恭二郎は美少女の腋《わき》の下に顔を埋め、汗に生ぬるく湿った和毛《にこげ》に鼻を押しつけ、甘ったるい体臭で鼻腔《びこう》を満たした。

目の前では白い乳房が息づき、清らかな薄桃色をした乳首がツンと突き立っていた。

やがて恭二郎は、そろそろと顔を移動させて乳首を含んだ。

そして舌で転がしながら張りのある膨らみに顔中を押しつけ、もう片方にも指を這わせていった。

二

「アア……、いい気持ち。恭二郎様……」

民がうっとりと喘ぎ、彼も左右の乳首を交互に吸って舐め回した。

胸元や腋から漂う体臭ばかりでなく、美少女の吐き出す息が熱く湿り気を含み、新鮮な果実のように甘酸っぱい刺激で彼の鼻腔をくすぐってきた。

鞠江の匂いに似ているが彼女は淡く、民はもっと野趣《やしゅ》溢《あふ》れる濃厚さがあって興奮が高まった。

やがて呼吸を整えると、今度は民が身を起こし、恭二郎に愛撫しはじめてくれた。

まずは仰向けになった彼の乳首に吸い付き、熱い息で肌をくすぐりながらチロチロと舐め回してきた。

「ああ……、噛んで……」

恭二郎がいうと、民も前歯でそっと乳首を挟み、キュッキュッと微妙な刺激で噛んでくれた。

「あう、気持ちいい……。もっと強く……」

さらにせがむと、民も力を込めて噛み、のしかかりながらもう片方も念入りに愛撫してきた。そして肌を舐め下り、大股開きにさせた真ん中に腹這い、可憐な顔を股間に迫らせてきた。

屹立《きつりつ》した肉棒を期待に震わせると、彼女は先にふぐりに舌を這わせ、熱い息を籠もらせて睾丸《こうがん》を転がした。

「く……」

滑らかに蠢く舌の感触と生温かさに、恭二郎は息を詰めて呻いた。

さらに民は彼の脚を浮かせ、肛門にもチロチロと舌を這わせ、ヌルッと潜り込ませてきたのだ。

「アアッ……!」

恭二郎は喘ぎながら、モグモグと肛門で美少女の舌を締め付けた。

舐めるのは良いが、される側になると申し訳ないような快感が突き上がってきた。しかも相手は、可憐な町娘なのである。

やはりこの部分は、舐めなければいけない場所なのだろう。恭二郎がしたいと思うことは誰も同じなようで、安心したものだった。

やがて舌を引き抜いて脚を下ろし、民は身を乗り出して、いよいよ一物《いちもつ》に舌を這わせてきた。

舌先で幹の裏側をゆっくり舐め上げ、先端に来ると、舌先でチロチロと舐め回し、滲《にじ》む粘液を拭《ぬぐ》い取ってくれた。

十八で、美津に匹敵《ひってき》する技巧を持っているのが空恐ろしいが、これも天性のものなのだろう。

彼は滑らかに蠢く美少女の舌に翻弄《ほんろう》され、ゾクゾクと快感を高めていった。

民は張り詰めた亀頭を舐め回し、パクッと含んで、そのまたぐるように喉の奥まで呑み込んできた。

「ああ……、いい……」

恭二郎は快感に喘ぎ、民の口の中でヒクヒクと幹を震わせた。

民は熱い鼻息で恥毛をそよがせ、幹の付け根をキュッと口で丸く締め付け、上気した頰をすぼめて無邪気に吸った。

口の中ではクチュクチュと舌が蠢き、執拗《しつよう》にからみつき、たちまち肉棒は生温かく清らかな唾液にまみれた。

「も、もう……」

絶頂を迫らせながら恭二郎が言い、腰を抱え込んでいる彼女の手を握った。

すると民もチュパッと口を引き離し、身を起こしてきた。

「いいですか？　上から……」

彼女が言って跨《また》がり、自らの唾液にまみれた先端を陰戸に押しつけ、息を詰めて腰を沈み込ませていった。

ヌルヌルッと滑らかな摩擦が一物を包みながら、根元まで呑み込まれ、彼女はピッタリと股間を密着させて座り込んだ。

「アア……」

民が顔を仰《の》け反《ぞ》らせて喘ぎ、キュッキュッと味わうように締め付けてきた。

恭二郎も、締まりの良さと心地よい温もりに包まれながら、内部でヒクヒクと幹を震わせて美少女の感触を味わった。

やがて彼女が身を重ね、恭二郎も両手を回して抱き留めた。

そして両膝を立て、ズンズンと股間を突き上げはじめると、民も合わせて腰を遣《つか》った。

「ああ……、いい気持ち……」

彼女が喘ぎ、大量の淫水を漏らして摩擦を滑らかにさせた。

恭二郎も可憐な顔を間近に見上げ、激しく高まっていった。

「なぜ、茶臼《ちゃうす》が好きなんですか……?」

息を弾ませて、民が訊いてきた。

「女の顔を見上げるのが好きだし、それに唾を垂らしてもらえるから……」

彼が言うと、民はすぐに愛らしい唇をすぼめ、白っぽく小泡の多い唾液をトロトロと吐き出してくれた。

「飲みたいですか?」

何でも、言えばしてくれるのが嬉《うれ》しかった。

あるいは彼女は、自分の快楽より、相手の悦びが自分の快楽になるという、実に奇特な性分なのかも知れない。

恭二郎は舌に受け、とろりとした感触を味わって飲み込んだ。

「もっと顔中にも吐きかけて……」

「いいんですか、お武家様のお顔に」

「どうか、強く……」

せがむと、民もためらいなくペッと強く唾液を吐きかけてくれた。

甘酸っぱい果実臭の息とともに、鼻筋に生温かな粘液が降りかかり、頬の丸みをヌラリと伝い流れた。

「アア、気持ちいい……」

恭二郎は突き上げを強め、下から美少女の唇を求めた。

「ンン……」

民も上からピッタリと唇を重ね、熱く鼻を鳴らしながら執拗に舌をからめてくれた。

恭二郎は滑らかな舌触りと、清らかな唾液を吸収し、果実臭の息でうっとりと鼻腔を満たした。

さらに彼女の口に鼻を押し込み、湿り気あるかぐわしい息を胸いっぱいに嗅ぐと、民もヌラヌラと舌を這わせ、彼の鼻の穴を舐めてくれた。

さらに顔中も擦りつけると、民は頬や鼻筋、瞼《まぶた》まで舐め回した。

生温かな唾液に顔中まみれながら、とうとう恭二郎は昇り詰めてしまった。

「く……！」

突き上がる絶頂の快感に呻き、ありったけの熱い精汁をドクンドクンと勢いよくほとばしらせ、柔肉の奥を直撃した。

「き、気持ちいいッ……！　ああーッ……！」

噴出を感じると同時に、民も声を上ずらせて口走り、ガクンガクンと狂おしい痙攣《けいれん》を起こして気を遣《や》った。

膣内の収縮も最高潮になり、恭二郎は快感に身悶えながら、心置きなく最後の一滴まで出し尽くした。

徐々に突き上げを弱めてゆき、満足しながら力を抜いていくと、

「ああ……」

民もうっとりと声を洩らし、グッタリと彼に身体を預けてきた。

まだ膣内は息づくような収縮を繰り返し、射精直後の一物が刺激され、ヒクヒクと内部で過敏に跳ね上がった。

そして恭二郎は、彼女の重みと温もりを感じ、甘酸っぱい息を嗅ぎながら、うっとりと快感の余韻を噛み締めたのだった……。

――民と別れた恭二郎は、湯屋に寄って身体を洗い流してから黒門町の中屋敷に帰った。

「今日は遅かったのですね」

秋乃が迎えて言った。

どうやら鞠江は寝所で待機し、相変わらず雪絵は庭で素振りをしていた。

「ええ、湯屋に寄っておりました。遅くなって済みません」

「姫様がお待ちです」

「では、初回の痛みも治まり、情交もお嫌ではないのですね」

「姫様は、ことのほか恭二郎殿をお気に入りのご様子です」

秋乃が言い、恭二郎も急激に勃起してきた。

民に教えを乞《こ》いながら、濃い一回を済ませたところだが、湯に浸かって生き返り、淫気も万全になっていた。

まあ若いこともあるが、男というものは相手さえ替われば何度でも出来る生き物なのかも知れない。

「分かりました。では」

彼は答え、秋乃とともに奥の寝所へと入っていった。

「もう、同席は不要と仰られましたので、私はここで」

秋乃は中に入らずに言い、次の間に控えることにしたようだ。

三人でするのも激しく興奮するが、やはり秘め事は二人きりの密室が良いと恭二郎も思った。

彼だけ寝所に入ると、待ちかねたように鞠江が顔を輝かせて迎えてくれた。

三

「もう痛くはありませんか」

「ええ。昨日は、いつまでも中に何かあるような心地はしておりましたが」

恭二郎が訊くと、鞠江は答えながら寝巻を脱ぎはじめた。

彼も大小を置き、すぐにも袴と着物を脱いでいった。

やがて鞠江が一糸まとわぬ姿になり、布団に仰向けになると、恭二郎も全裸になって彼女に迫っていった。

まずは足裏に屈《かが》み込んで舌を這わせ、指の股に鼻を割り込ませてほんのり蒸《む》れた匂いを貪った。

「あん……、くすぐったい……」

爪先にしゃぶり付き、舌を挿《さ》し入れていくと鞠江がか細く喘ぎ、ビクリと脚を震わせた。

声音《こわね》も甘ったるくなっているのは、秋乃がいないせいだろうと思った。

恭二郎は桜色の爪をそっと嚙み、全ての指の股を舐めてから、もう片方の足指も念入りに味と匂いを貪った。

そして脚の内側を舐め上げながら、股間に進んでいくと、鞠江も僅《わず》かに立てた両膝を左右に開いてくれた。

白くムッチリとした内腿をゆっくり味わって舐め上げながら股間に目を遣ると、すでに陰戸はヌラヌラと大量の蜜汁にまみれて潤い、熱気を籠もらせていた。

顔を寄せ、指を当てて花びらを広げると、昨日生娘《きむすめ》でなくなったばかりの膣口が、淫らに涎《よだれ》を垂らして息づいていた。

若草に鼻を埋め込むと、柔らかな感触とともに、汗とゆばりの匂いが程よく入り混じり、悩ましく鼻腔を刺激してきた。

恭二郎は何度も深く吸い込んで嗅ぎ、舌を這わせていった。

張りのある陰唇の内側を探ると、淡い酸味のヌメリが舌の動きを滑らかにさせた。

膣口の襞を掻き回し、滑らかな柔肉をたどって蜜汁をすすり、オサネまで舐め上げていくと、鞠江の内腿がキュッときつく彼の両頬を挟み付けてきた。

「あう……」

彼女が顔を仰け反らせて呻き、さらに新たな淫水を漏らしながらヒクヒクと下腹を波打たせた。

恭二郎は舌先で弾くように舐めてから、彼女の腰を浮かせ、白く丸い尻の谷間にも鼻を埋め込んでいった。

可憐な薄桃色の蕾には、今日も秘めやかな微香が籠もり、彼は充分に嗅いでから舌先でチロチロとくすぐった。そしてヌルッと潜り込ませ、滑らかな粘膜を味わうと、

「く……、変な気持ち……」

鞠江が、キュッキュッと肛門で彼の舌先を締め付けながら呻いた。

恭二郎は舌を出し入れさせるように動かしてから、彼女の脚を下ろし、再び陰戸に戻ってオサネに吸い付いた。

そして指先を膣口に当て、民に教わったように、内壁を揉《も》みほぐすように摩擦

した。

「アア……」

「痛かったら仰って下さいませ」

「大丈夫、いい気持ち……」

鞠江が答え、指を締め付けるように収縮を繰り返した。

恭二郎はオサネを舐めながら、指の腹で側面を小刻みに擦り、あるいは真下の穴のふちを撫《な》で、潜り込ませて天井を圧迫した。

「ああ……、もっと強く……」

「どれが気持ちいいですか？」

「どれも……、奥に響いてきます……」

鞠江は、覚えたてにもかかわらず相当に順応してきた。

彼は左手の人差し指も舐めて濡らし、肛門をくすぐり、浅く潜り込ませていった。

「これは？　お嫌ですか？」

「ああ……、嫌じゃないわ……」

鞠江が次第に声を上ずらせ、前後の穴でキュッキュッと彼の指を締め付けてきた。

膣内にも淫水が溢れ、次第に攪拌されて白っぽく濁りはじめた。

「ね、私もお口で……」

彼女が言うので、恭二郎はいったん前後の穴からヌルッと指を引き抜き、オサネを舐めながら身を反転させていった。

そして互いの内腿を枕に、先端を姫君の口に突き付けると、彼女もパクッと亀頭にしゃぶり付いてくれた。

「ンン……」

鞠江は喉の奥まで呑み込んで呻き、熱い鼻息でふぐりをくすぐってきた。

恭二郎もオサネを舐め、チュッと吸い付くと彼女も反射的に強く亀頭に吸い付いてきた。

秋乃も襖《ふすま》の隙間から覗《のぞ》いているのだろうが、止めに来ないところを見ると、鞠江が嫌がらない限り、大概の行為は黙認してくれるようだ。

彼は情交するように、姫君の清らかな口にスポスポと出し入れさせて、たっぷりと唾液にまみれさせてもらった。

「ああ……、もう……」

鞠江がスポンと口を引き離し、我慢できなくなったように言った。

恭二郎も舌を引っ込めて身を起こし、再び彼女を仰向けにさせ、股の間に身を割り込ませていった。

本手《ほんて》で唾液に濡れた先端を陰戸に押しつけ、ゆっくり膣口に潜り込ませていくと、たちまち一物はヌルヌルッと滑らかに、肉襞の摩擦を受けながら根元まで呑み込まれていった。

「あぁっ……！」

鞠江が身を弓なりに反らせて喘ぎ、キュッときつく締め付けてきた。

恭二郎は股間を密着させ、温もりと感触を嚙み締めながら脚を伸ばし、身を重ねていった。

そして屈み込み、色づいた乳首を吸って舌で転がし、顔中で柔らかな膨らみを味わった。

「ああ……、恭二郎殿……」

「どうか、呼び捨てに」

「恭二郎……」

鞠江が言い、両手を回して彼の顔を胸に抱きすくめてきた。

恭二郎も左右の乳首を交互に含んで舐め回し、さらに腋の下にも顔を埋め、和毛に籠もった甘ったるい汗の匂いを嗅いだ。

膣内は息づくようにキュッキュッと心地よく締まり、さらに大量の蜜汁が溢れてきた。

小刻みに腰を突き動かすと、クチュクチュと湿った摩擦音が聞こえ、すぐにも律動が滑らかになっていった。

「痛くありませんか……」

「大事ない……。もっと存分に」

充分に体臭を嗅いでから顔を上げ、囁《ささや》くと、鞠江も小さく答えて両手に力を込めた。

すでに二回目から痛みより快楽を覚えるのだから、よほど成長が早いか、肌の相性も良かったのだろう。

これは単に、狒々爺《ひひじじい》の嘉兵衛を嫌うばかりでなく、鞠江は淫らな快楽が好きで堪《たま》らないのかも知れない。

恭二郎は白い首筋を舐め上げ、喘ぐ唇に迫っていった。

可憐な口からは白く滑らかな歯並びが覗き、間からは熱く湿り気ある息が洩れていた。

鼻を押し当てて嗅ぐと、湿り気ある甘酸っぱい口の匂いに、ほんのり乾いた唾液の香りも入り混じり、その刺激が胸に満ちるたび、一物がヒクヒクと歓喜に脈打った。

唇を重ね、舌を挿し入れて滑らかな歯並びを舐め回した。

鞠江もチロチロと触れ合わせ、次第に大胆にからみつけてきた。

恭二郎は徐々に動きを速め、姫君の唾液と吐息を吸収しながら、何とも心地よい摩擦に高まっていった。

「ンンッ……！」

彼女も快感を高めたように呻き、チュッと強く彼の舌に吸い付いてきた。

いつしか股間をぶつけるように動きながら、さらに恭二郎は彼女の口に顔中を擦りつけた。

「アア……」

鞠江も喘ぎながら舌を伸ばしてくれ、たちまち彼は生温かく清らかな唾液にまみれ、甘酸っぱい芳香に昇り詰めてしまった。

「く……！」

どうか命中するようにと願いながら快感に呻き、熱い大量の精汁をドクンドクンと勢いよく柔肉の奥にほとばしらせた。

「ああ……、熱い……」

鞠江も噴出を感じて喘ぎ、キュッキュッと締めつけながら一滴余さず吸い込んでいった。

膣内の収縮も激しく、この分ではすぐにも気を遣るようになるだろう。

恭二郎はすっかり満足して動きを止め、股間を押し付けたまま内部でヒクヒクと幹を震わせた。

そして喘ぐ口に鼻を押しつけ、果実臭の息を嗅ぎながら、うっとりと快感の余韻を味わったのだった。

四

「今日の昼前、藩邸に戻って聞いた話なのですが」

夕食の後、秋乃が離れに来て恭二郎に言った。

彼はもう寝巻姿で、鞠江も雪絵も早めに休んだらしい。

秋乃も艶めかしい寝巻姿で、恭二郎はすぐにも淫気を覚えて股間を熱くさせてしまった。

「はい。それで？」

「ご家老の話では先日、布袋屋嘉兵衛が訪ねてきたようです。婚儀は正月なれど、その前に姫君を引き取りたいと」

「ううん、悪い虫が付かぬよう監視したいのでしょうか」

「いえ、どうやら交接は正月の楽しみにして、その前に撫でたり舐めたりして愛《め》でたいような様子とか」

秋乃が、憤《いきどお》りと羞恥で頬を紅潮させて言った。

多額の献金による弱みで、家老の苦渋《くじゅう》も忍ばれた。

「むろん断りました。姫君のお身体があまり丈夫ではないと言って、年内は療養させたいと」

「なるほど」

「嘉兵衛も、取りあえず納得して引き上げたようです。まあ多くの若い妾《めかけ》もいるでしょうから、気を紛《まぎ》らす相手には事欠きませんゆえ」

「そうですか……」

相当に嘉兵衛は淫気が強く、また武家娘への執着も激しいようだった。

「交接しなくても、男は満足できるものなのでしょうか」

「ええ、指や口でしてもらえば満足でしょう。それに、味と匂いが得られるだけでも、かなり嬉しいものと思います」

秋乃に訊かれ、恭二郎も正直なところを答えた。

ましてや三十近ければ、交接の願望以上に、そうした性癖は恭二郎の上をゆくのではないだろうかと思えた。

「男とは、そうしたものですか……。恭二郎殿も？」

「はい、今も秋乃様の匂いに、ほら、こんなに……」

彼は裾《すそ》をめくり、下帯《したおび》を解いてピンピンに勃起した一物を出した。

「まあ……、私は匂いますか……」

秋乃も、話を打ち切って激しい淫気を前面に出してきたようだ。

「どうか、お脱ぎ下さいませ。どうにも我慢が……」

「す、少しでも精汁は姫様に注いで頂きたいのですが……」

言いながら寝巻を脱ぎ去ると、秋乃はモジモジしながら答えた。

実際、甘ったるい汗の匂いが濃くなり、すでに陰戸も濡れはじめたのだろうと思った。

　まして前は鞠江と一緒だったので、こうして二人きりだと淫靡《いんび》な雰囲気も倍加しているようだった。

「姫様には、日に一度が良いところでしょう。精汁も、あまり溜め込むと毒が生じるので、出したいときにするのが最も良いと聞きます」

「左様ですか……」

　秋乃も、長崎帰りの恭二郎の言を素直に信じ、いや湧き上がる淫気に帯を解きはじめてくれた。

「どうか、お手柔らかに……」

　みるみる熟れ肌を露《あら》わにしながら秋乃が言い、先に全裸になった恭二郎は布団に仰向けになり、期待と興奮に胸を弾ませた。

「では、ここに立って、私の顔に足を乗せて下さいませ」

「な、何をお言いです……」

「姫様に頼めぬことを、代わりに秋乃様にお願いしたいのです」

「あ、当たり前です。そのようにはしたないこと、姫様にはさせられません」

　秋乃は言い、それでも姫の代わりという口実に、彼女は恭二郎の顔に近づいてくれた。

「本当に、このようなことをされたいのですか……」

「ええ、どうか」

言うと、ようやく秋乃も唇を引き締めて意を決し、そろそろと片方の足を浮かせてきた。そして壁に手を突いて身体を支えながら、そっと足裏を彼の顔に乗せてきた。

「ああ……、もっと強く……」

恭二郎は、うっとり喘ぎながら言った。

鼻と口に生温かな足裏が密着し、見上げるとムッチリと肉づきの良い脚が真上に伸び、陰戸の潤いまで見て取れた。

彼は足裏を舐め、指の股に鼻を割り込ませて、生温かな汗と脂《あぶら》に蒸れた匂いを貪った。爪先にしゃぶり付き、順々に指の間にヌルッと舌を潜り込ませてゆくと、

「アアッ……！」

秋乃が喘ぎ、今にも座り込みそうなほど膝をガクガク震わせはじめた。

恭二郎は舐め尽くすと足を交代してもらい、そちらも新鮮な味と匂いを堪能し、足首を摑《つか》んで顔を跨らせた。

「では、しゃがんで下さい」

言いながら手を握って引っ張ると、秋乃も恐る恐るしゃがみ込んできた。

白い太腿と脹《ふく》ら脛《はぎ》がムッチリと張り詰め、内腿に透ける血の管も実に艶めかしかった。

熟れた陰戸が鼻先に迫ると、熱気と湿り気が彼の顔中を包み込んできた。

黒々と艶《つや》のある茂みの下の方は露《つゆ》を宿してキラキラ光り、はみ出した陰唇が興奮に色づいて、間から溢れる蜜汁が、今にもトロリと滴《したた》りそうに雫《しずく》を膨らませていた。

「お舐め、と言って下さい」

「ああ……、そのようなこと……」

「早く舐めたいので、どうか」

言うと、秋乃は懸命に両足を踏ん張って、恭二郎の鼻と口に陰戸を押しつけてきた。

「お、お舐め……。あぁッ……！」

秋乃は言うと自分の言葉に激しく反応し、トロトロと淫水を垂らしながら豊満な腰をくねらせた。

恭二郎も両手で腰を抱えて舌を這わせ、柔らかな恥毛に鼻を擦りつけた。隅々には、甘ったるい汗の匂いが濃厚に籠もり、残尿臭の刺激も入り混じって鼻腔を掻き回してきた。

「いい匂い……」

「アアッ……。嘘です、そんなの」

真下から言うと、秋乃は激しい羞恥に柔肉を息づかせた。

彼は淡い酸味のヌメリを舐め取り、舌先で襞の入り組む膣口からオサネまで舐め上げていった。

「あう……！」

秋乃はビクッと反応して呻き、しゃがみ込んでいられず両膝を彼の顔の左右に突いた。

恭二郎はオサネに吸い付き、滴る蜜汁をすすってから、白く豊かな尻の真下に潜り込んでいった。そして顔中に双丘を受け止め、谷間の蕾に鼻を埋め込むと、秘めやかな微香が馥郁《ふくいく》と胸を掻き回してきた。

彼は美女の匂いで鼻腔を満たしてから、舌先でチロチロと蕾を舐め、潜り込ませてヌルッとした粘膜も味わった。

「く……！」

秋乃が呻き、キュッと肛門で舌先を締め付けてきた。陰戸からはトロトロと蜜汁が滴り、彼の鼻を濡らしてきた。

やがて充分に舌を蠢かせてから、恭二郎は再び陰戸に戻り、溢れるヌメリをすすり、オサネにも吸い付いた。

「も、もう堪忍《かんにん》……」

秋乃が降参するように腰をくねらせ、呻きながら言った。

「じゃ、今度はどうか私に……」

彼は仰向けのまま言い、秋乃の顔を下方へと押しやっていった。

彼女も素直に移動し、大股開きになった股間に陣取って腹這い、一物に白い顔を迫らせてきた。

熱い息がかかり、先端にヌラヌラと舌が這い回った。

「ああ……」

恭二郎は受け身になって、美女の舌の蠢きに喘いだ。

秋乃は鈴口《すずぐち》から滲む粘液を舐め取り、幹の裏側に舌を這わせてくれた。

「どうか、ここも……」

ふぐりを指すと、彼女も素直に袋を舐め回し、睾丸を転がした。

さらに恭二郎が自ら両脚を浮かせて抱えると、秋乃も念入りに肛門を舐め回し、ヌルッと潜り込ませてくれた。

五

「アア……、気持ちいい……」

恭二郎は快感に喘ぎながら、キュッキュッと美女の舌を肛門で味わうように締め付けた。

そして彼が脚を下ろすと、秋乃も再び舌を一物に戻し、裏側を舐め上げ、スッポリと根元まで含んできた。

温かく濡れた口腔がキュッと締まり、熱い鼻息が恥毛をくすぐった。

口の中ではクチュクチュと舌が這い回り、肉棒全体は美女の温かな唾液にどっぷりと浸り込んだ。

「どうか、上から……」

恭二郎はすっかり高まって言い、彼女の手を握って引っ張り上げた。

秋乃も身を起こして彼の股間に跨がり、唾液に濡れた先端を淫水にまみれた膣口に受け入れ、腰を沈み込ませてきた。

「あぁッ……、いい気持ち……」

ヌルヌルッと根元まで滑らかに受け入れると、秋乃が顔を仰け反らせ、完全に座り込んで喘いだ。

恭二郎も肉襞の摩擦と温もり、心地よい締め付けを味わいながら内部でヒクヒクと幹を震わせた。

彼女は何度か股間を擦りつけるようにくねらせ、豊かな乳房を揺らした。

両手を伸ばして抱き寄せると、秋乃も身を重ねてきた。

恭二郎は顔を上げ、たわわに実った膨らみに下から顔を押しつけ、乳首に吸い付いて舌で転がした。

コリコリと勃起した乳首を舐め、軽く歯を立てると、

「アア……！」

秋乃が喘ぎ、キュッときつく締め上げてきた。

彼は左右の乳首を交互に含んで味わい、さらに腋の下にも顔を埋め込んでいった。腋毛に鼻を擦りつけると、甘ったるい汗の匂いが濃厚に鼻腔を刺激してきた。

恭二郎は美女の生ぬるい体臭を胸いっぱいに嗅ぎ、徐々に股間を突き動かしはじめた。

「アアッ……、いい……」

秋乃が熱く喘いで締め付けながら、自分も合わせて腰を遣った。

溢れる蜜汁で、すぐにも動きが滑らかになり、ピチャクチャと卑猥《ひわい》に湿った摩擦音が響いてきた。

恭二郎は彼女の白い首筋を舐め上げ、唇を求めた。

秋乃も上からピッタリと唇を重ね、熱く甘い息を弾ませながらネットリと舌をからめてきた。

「ンン……」

秋乃が鼻を鳴らして彼の舌に吸い付くたび、甘い吐息が悩ましく鼻腔を刺激してきた。恭二郎は、美女の唾液と吐息に酔いしれながら、徐々に突き上げを強めていった。

「唾をもっと出して……」

囁くと、秋乃も懸命に唾液を分泌させ、トロトロと口移しに唾を吐き出してくれた。

彼は、小泡の多い生温かな唾液をうっとりと味わい、心地よく喉を潤した。

さらに顔中を擦りつけると秋乃も舐め回してくれ、恭二郎は美女の唾液にまみれ、悩ましい匂いに包まれながら、勢いよく股間を突き上げた。

「い、いく……。あぁーッ……！」

すると秋乃が声を上ずらせて気を遣り、ガクンガクンと狂おしく全身を揺すりながらきつく締め付けてきた。

同時に恭二郎も昇り詰め、大きな絶頂の快感に全身を貫かれた。

「う……！」

短く呻きながら、ありったけの精汁を勢いよくドクドクと柔肉の奥にほとばしらせた。

「あう……、感じる……！」

秋乃が噴出を受け止めて呻き、駄目押しの快感の中でさらに膣内を活発に収縮させた。

やがて彼は心置きなく最後の一滴まで出し尽くし、満足しながら突き上げを弱めていった。秋乃も強《こわ》ばりを解いてゆき、グッタリと力を抜いて身体を預けてきた。

「ああ……。こんなに感じたの、初めてです……」

秋乃が満足げに声を洩らし、まだ断続的にキュッと膣内を締め付けてきた。

確かに、先代の殿様はそれほど念入りな愛撫もしていなかっただろうから、秋乃も相当に良かったのだろう。

恭二郎は締まる膣内でヒクヒクと幹を跳ね上げ、熱く甘い息を嗅ぎながら、うっとりと快感の余韻に浸ったのだった……。


——二人は手燭《てしょく》を持ち、全裸のまま湯殿に入った。

一緒に残り湯で互いの体を洗い流し、股間を洗った。もちろん恭二郎は、新たな淫気にムクムクと回復していった。

「こうして下さい」

簀《す》の子《こ》に座って言い、目の前に秋乃を立たせ、片方の足を浮かせて風呂桶《おけ》のふちに乗せさせた。

「どうするのです……」

「ゆばりを出して下さいませ」

「え……、何をお言いです……」

秋乃が驚いてビクリと身じろいだが、恭二郎は彼女が逃げないよう腰を抱えて押さえ、股間に顔を埋め込んだ。

「アア……、出来ません、そのようなこと……」

「どうかお願いします。姫様には頼めませんので」

言いながら割れ目に舌を這わせると、もう洗ったため恥毛に籠もった匂いは薄れてしまったが、新たな蜜汁が溢れてきた。

舌先で尿口あたりを舐め回し、オサネを吸うと、次第に彼女の下腹がヒクヒクと波打ち、膝もガクガク震えてきた。

「ああ……。そのように吸ったら、本当に出てしまいます……」

秋乃が言い、出す気になってきたようだと、彼もさらに吸い付いた。

すると何度か迫《せ》り出すように柔肉が盛り上がり、味わいと温もりが変化してきた。

「あうう……。駄目、出る……！」

とうとう尿意が高まり、秋乃が声を上ずらせて口走るなり、チョロッと彼の口に温かな流れがほとばしってきた。

「く……！」

秋乃は懸命に止めようとしたが、いったん放たれた流れは止めようもなく、次第に勢いを増してチョロチョロと彼の口に注がれてきた。

恭二郎は夢中で受け止め、喉に流し込んだ。

味も匂いも淡く、実に控えめなものだったから抵抗もなく、それでも激しい勢いになったので、口から溢れた分が胸から腹に伝い流れ、回復した一物を温かく浸してきた。

流れは、いったん激しくなったがすぐに弱まり、あとはポタポタと滴るだけになって治まってしまった。

恭二郎は舌を挿し入れ、あまりの雫をすすり残り香を味わった。

「も、もう堪忍……」

秋乃は言って力尽き、とうとう足を下ろすなりクタクタと座り込んできてしまった。

それを抱き留め、恭二郎は熱烈に唇を重ね、舌をからめた。

「ンンッ……！」

秋乃も、ゆばりを飲んだばかりの口でも構わず吸い付き、熱く鼻を鳴らして舌を蠢かせてきた。彼は美女の唾液で喉を潤し、甘い吐息に酔いしれながら勃起した一物に彼女の手を導いた。

「もう、こんなに硬く……」

「もう一回出したいです。秋乃様のお口に、構いませんか……」

「ええ……。交接したら、明日起きられなくなってしまいますので……」

秋乃が応じてくれたので、そのまま彼は簀の子に仰向けになった。

すぐにも彼女が屈み込み、スッポリと肉棒を根元まで呑み込んだ。そして熱い息を股間に籠もらせながら舌をからめ、顔を上下させスポスポと強烈な摩擦を開始してくれたのだった。

恭二郎も股間を突き上げて快感を味わい、唾液にまみれた一物を震わせながら、急激に高まっていった。

彼女も歯を当てぬよう唇を引き締め、調子をつけて愛撫を繰り返した。

「い、いく……。飲んで下さい……」

たちまち昇り詰めた恭二郎は、快感に突き上げられながら口走った。

「ク……、ンン……」

秋乃は喉の奥を直撃されながら呻き、勢いの良い噴出を受け止めてくれた。

そして亀頭を含んだまま、口に溜まったものをゴクリと一息に飲み込んでくれたのだ。

「ああ……」

恭二郎は駄目押しの快感に喘ぎ、美女の温かく濡れた口の中でうっとりと快感の余韻を味わったのだった。

第四章　淫ら父娘《おやこ》の様々な性癖

一

「姫様はご気分が優れぬので、お目通りは叶《かな》いませぬ」

秋乃が玄関でキッパリと言うと、嘉兵衛は悪びれることもなく菓子折りを差し出した。

「左様ですか。どうかお大事になさって下さいませ。お付きの方ですか。さすがにお美しい」

嘉兵衛は言い、下卑《げび》た笑みを洩らした。

でっぷりと太り、頭は禿《は》げ上がって申し訳程度に髷《まげ》が乗っている。屋号の通り布袋《ほてい》のようだと、物陰から見ていた恭二郎は思った。

昼過ぎ、恭二郎はちょうど学問所から中屋敷に戻ったところで、来訪している嘉兵衛に気づいたのだった。

嘉兵衛は鞠江恋しさに、どうやら浦上藩の中屋敷に人の出入りがあるようだと調べ、供も連れず大胆にも一人で訪ねてきたのである。

しかし、そこは如才《じよさい》ない大店《おおだな》の主人のことだから、菓子折りだけ置き、断られるとすぐに退散した。

「恭二郎殿。そこまでお送りを」

秋乃に言われ、潜んでいた恭二郎は姿を現し、頭を下げた。

一応は藩に多額の献金をしてもらっているから、礼は尽くさなければならないだろう。

「これは、お若い。布袋屋嘉兵衛です」

「草壁恭二郎です。新たに警護に加わりました。お送り致します」

「ほう、警護を」

強そうに見えない恭二郎を見て、嘉兵衛は意外そうに言って歩き出した。

まあ武芸を知らない彼は、人は見かけによらないのだと良い方に取ったか、あるいは関心がないかどちらかのようだった。

「姫様に会いたくて、待ち遠しくてなりません」

嘉兵衛が、溜息混じりに言った。

全身から淫猥《いんわい》な雰囲気が漂って、愛妾《あいしょう》も多いだろうに、相当に鞠江に執着しているようだった。

もっとも、彼女の美しさではなく、武家の姫君という立場が魅力で、それを獲得するのが長年の憧《あこが》れなのだろう。

「お芝居の帰り道、姫様をお見かけし、どうにも心から離れなくなりました」

嘉兵衛が言う。

それで調べ、浦上藩が困窮していることや、自分の妻に迎えられる可能性が高いことを知り、献金したようだった。

「女というのは素晴らしいものです。何も交接して放つだけが能ではなく、身体中の味や匂いを愛《め》でるだけでも心が満たされます。おっと、お若い方には毒ですかな」

嘉兵衛は笑って言ったが、内容は恭二郎も賛同できるもので、それほどの悪人というほどではないような気がしてきた。

ただ絶大に淫気が強く、地位と金を手にし、あとは武家女を妻にしたいという だけなのだ。もし恭二郎が、すでに鞠江の初物を頂いてしまったなどと知ったら、いったいどんな顔をすることだろうか。

と、そのとき数人の破落戸《ごろつき》が通りかかった。

まだ日が高いのにほろ酔いらしく、みな柄が悪そうだった。

「おう、親父。金持ちそうだな。二分ばかり都合してくれねえか」

先頭の大男が言い、恭二郎は不安に駆られた。警護と言った以上、ここは自分が守らなければならないだろう。

しかし嘉兵衛が前に出た。

「布袋屋の嘉兵衛でございます。持ち合わせがこれだけなのでご勘弁を」

財布から一両小判を出して言うと、連中は目を丸くした。

「こ、これは済まねえ。有難く頂戴しますぜ」

兄貴分が言い、押し頂いて懐中に入れ、そのまま連中は足早に立ち去っていってしまった。

布袋屋といえば公儀との関わりもあるし、多くの荒くれ職人も使っているだろうから、それで連中も恐れ入ったらしい。いや、それ以前に、これは嘉兵衛の貫禄勝ちであった。

何事もなく、恭二郎はほっと胸を撫《な》で下ろした。嘉兵衛にとっても、一両ぐらい何でもないのだろう。

やがて川沿いに来ると、多くの材木が浮かび、それを商人たちが縄で結っていた。

「あそこが手前どもの店でございます。ではここで。有難うございました」

嘉兵衛が指すと、大きな店構えと布袋屋の看板が出ていた。

「では、これにて」

恭二郎も言って頭を下げ、店に入ってゆく嘉兵衛を見送ってから引き返すことにした。

何やら、淫猥な雰囲気に当てられたようだった。そして、あの脂《あぶら》ぎった嘉兵衛が、可憐《かれん》な鞠江を愛撫する姿を想像すると、打ち消したいのに止まらなくなり、いつしか股間が熱くなってしまった。

と、そこで恭二郎に声を掛けてきた女がいた。

「あの、父のお知り合いでしょうか」

「父？　嘉兵衛さんの娘さんですか」

「はい、実代《みよ》と申します」

彼女は二十歳《はたち》ばかりだが、眉を剃《そ》りお歯黒を塗った新造《しんぞう》である。あの嫌らしい嘉兵衛の娘とは思えぬほど、切れ長の目をしたなかなかの美形だった。

「もしや、浦上藩の？」

「ええ、藩士ではありませんが、いささか関わりのあるもので、草壁恭二郎と言います」

「少々お話があります。よろしいでしょうか」

「ええ……」

彼も興味を覚えて答えると、実代は先に立って歩き、裏道に入ると一軒の待合に彼を誘った。何と、前に民と入った店で、通された二階の部屋も同じであった。

二つ枕と桜紙があり、また恭二郎はモヤモヤしてきてしまった。

「私は父のすすめで、二年前に同業の材木問屋に嫁《とつ》ぎました。それほど好きな人ではないけれど、早く家を出たかったのです。今は子に恵まれ、それなりに幸せに暮らしています」

実代が座って話しはじめ、恭二郎も大刀を置き、座って聞いた。

「父は、病のように女狂いです。母が死んでからは、いっそうひどくなり、どんな不器量な女にも手を出し、金を渡して別れています。家にも多くの女中を住まわせ、片っ端から抱いて、時には湯殿でゆばりを飲んだり……」

実代が顔をしかめて言ったが、また何となく恭二郎は、嘉兵衛に共感してしまった。

「恐らく、この世で手を出さない女は、実の娘の私だけでしょう。そして金にあかせて、浦上藩の姫様を新造に迎えるという、途方もない話を聞きました。それで意見に出向いたところ、貴方《あなた》様にお会いしたのです」

「そうですか……」

恭二郎は頷《うなず》いた。

実代は母親似なのだろう。あの嘉兵衛の娘で、しかも裕福に育った割には、良識を持っているようだった。

「恭二郎様は、姫様のお近くにいらっしゃいますか？」

「ええ、警護を兼ねてお世話しておりますが」

「ああ、ならば恭二郎様が、姫様と恋仲にでもなって下されば良いのに。そうすれば父も諦《あきら》めるでしょう。分を越えた望みは、必ず良くないことを招くものですので……」

実代は言ったが、貧乏御家人の恭二郎にとっては、自分こそ分を越えた行いをしているのだった。

「それとも、恭二郎様が姫様を抱いて、生娘《きむすめ》でなくしてしまえば良いのですが……。父は、何しろ生娘に執着しているものですから……」

実代は、まさに手籠《てご》め人《にん》に依頼するようなことまで言ってきた。

もちろん恭二郎は、すでにそれらの謀《はかりごと》を進めているのでご安心下さい、とは言えない。

「そのようなこと、無理です……」

「でも万一、姫様の方から恭二郎様をお誘いになることも、全くないではありませんでしょう」

「有り得ません。それに私は、女の抱き方も知りませんので」

恭二郎は勃起しながら、無垢《むく》を装って言った。

親が嘉兵衛だと思っても淫気は衰えず、場所が場所であるし、彼はこの美しい新造にすっかり欲情していたのだ。

すると実代も、とうとうにじり寄ってきたのだ。

「私でよければ、お教え致しますので」

熱っぽい眼差《まなざ》しで囁《ささや》き、頬から耳たぶまで紅潮させていった。

「情交を知れば、姫様に手を出す気にもなりますでしょう」

実代は言って立ち上がり、年上の新造の貫禄で手早く帯を解きはじめた。

「さあ、どうかお脱ぎになって」

彼女が言い、恭二郎も大小を部屋の隅に置いて、袴《はかま》と着物を脱ぎはじめていった。

実代も、美しく良識はあるが、やはり淫気の方は嘉兵衛譲りのようだ。

そして子を成してからは、夫婦の交渉も間遠くなって、欲求も溜まっているのだろう。

やがて二人は一糸《いっし》まとわぬ姿になり、彼女が布団に仰向けになった。

二

「さあ、初めてなら、まずお好きなように……」

実代が言い、二十歳の新造の肌を晒《さら》した。

透けるほどに色白の乳房が豊かに息づき、張り詰めた太腿もムッチリと量感があった。股間の翳《かげ》りも程よい範囲で、着物の内に籠もっていた熱気が、甘ったるい濃厚な匂いとともに室内に立ち籠めた。

恭二郎も、もうためらいなく添い寝し、甘えるように腕枕してもらった。腋《わき》の下に鼻を埋《うず》め、腋毛の隅々に擦《こす》りつけると、汗の匂いが濃く胸に沁み込んできた。

新造の体臭に酔いしれながら目を遣《や》ると、濃く色づいた乳首の先に、白濁《はくだく》した雫《しずく》が膨《ふく》らんでいた。

（うわ……）

恭二郎は艶《なま》めかしい眺めに、心の中で叫んだ。

そして充分に腋の下を嗅《か》いでから顔を移動させ、乳首にチュッと吸い付いていった。

舌で転がすと、乳汁《ちしる》の薄甘い味が感じられ、さらに強く吸った。

しばらくは要領が分からなかったが、乳首の芯を口で強く挟むと、どんどん乳汁が滲《にじ》んで舌を生ぬるく濡らしてきた。

「アア……、飲んでいるんですか……」

実代が熱く喘《あえ》ぎ、彼の顔を胸に抱きすくめてきた。

膨らみに顔中を押しつけると、硬いほど張りと弾力があり、さらに彼は乳房を揉《も》んで乳汁を吸い出した。

喉を潤《うるお》すと、うっすらと甘い味が舌に残り、甘ったるい匂いも口に満ちた。

要領が分かり続けざまに飲み干すと、徐々に膨らみの硬さが解けて柔らかくなってきた。

のしかかり、もう片方に移動して含み、そちらも充分に吸って滲む乳汁を飲んだ。

「いい気持ち……」

実代がうっとりと喘ぎ、うねうねと肌を悶《もだ》えさせはじめた。

恭二郎は充分に左右の乳首を愛撫し、乳汁で喉を潤してから、滑《なめ》らかな肌を舐め下りていった。

愛らしい臍《へそ》を舐め、張り詰めた下腹から豊満な腰、太腿へと舌でたどっていった。足首までいくと、足裏に移動し、顔を押しつけながら踵《かかと》から土踏まずに舌を這わせた。

「あう……、何をなさいます……！」

実代が驚いたように言い、ビクリと足を震わせた。

「女の身体を隅々まで知りたいので、どうか好きに」

「ええ……、汚いのに。それで構わなければ……」

言うと実代も息を詰めて答え、されるままに身を投げ出してくれた。

恭二郎は縮こまった指の股に鼻を割り込ませ、汗と脂に湿って蒸《む》れた匂いを貪《むさぼ》った。

そして美女の足の匂いを胸いっぱいに嗅いでから、爪先にしゃぶり付いて、順々に指の間に舌を挿《さ》し入れていった。

「アアッ……、駄目……！」

実代が腰をよじり、声を上ずらせて喘いだ。

恭二郎も、全ての指の股を味わい、もう片方の足も味と匂いを堪能した。

やはり武家同士でなく、相手が町人女の方が、畏《おそ》れ多い反応があって快感だった。

そのてん美津と民の母娘《おやこ》は、町人なのに手籠め人として、どのような愛撫も驚かなかったので、今回の実代の反応が最も興奮した。

全ての指をしゃぶり尽くすと、実代はグッタリと身を投げ出し、ハアハアと荒い呼吸を繰り返していた。

夫にもこうした愛撫はされたことがないのかも知れない。

あるいは、嘉兵衛の閨《ねや》を覗《のぞ》き込んだことを思い出して、不快だったのではと心配したが、脚の内側を舐め上げて股間に迫ると、そこは蜜汁が大洪水になっていた。

「どうか、もっと良く見せて下さい」

「ああ……」

恭二郎が股間から言うと、実代が熱く喘ぎ、僅《わず》かに立てた両膝を、さらに全開に広げてくれた。

彼は白くムッチリした内腿を舐め上げ、陰戸《ほと》に迫った。

黒々とした恥毛の下の方が淫水に濡れ、割れ目からはみ出した陰唇が濃く色づいていた。

指を当てて開くと、子を産んだばかりの膣口が襞を震わせて息づき、ポツンとした尿口も見えた。そして包皮の下から光沢ある亀頭形のオサネが、ツンと突き立っていた。

「も、もうよろしいでしょう。入れる穴はお分かりのはず……」

実代が身を震わせて言った。

「少しだけ、舐めさせて下さい」

「そ、そのようなこと、お武家様がしなくてよろしいのですよ、アアッ！」

股間に顔を埋められ、実代は声を上げ、内腿でキュッときつく彼の顔を挟み付けてきた。

恭二郎も豊満な腰を抱え、柔らかな茂みに鼻を擦りつけた。

隅々には、汗とゆばりの匂いが濃厚に入り混じり、悩ましく鼻腔《びこう》を刺激してきた。

彼は新造の体臭で胸を満たしながら、舌を這わせ、淡い酸味のヌメリにまみれた膣口を掻き回し、オサネまで舐め上げていった。

「ああッ……！」

実代が顔を仰《の》け反《ぞ》らせて喘ぎ、内腿の力を強めて腰をくねらせた。

恭二郎はチロチロとオサネを弾くように舐め上げ、上唇で包皮を剝《む》いて、露出した突起に吸い付いた。

「あう……、すごい……！」

実代は激しく感じ、呻《うめ》きながらヒクヒクと白い下腹を波打たせた。

さらに彼は実代の腰を浮かせ、白く丸い尻の谷間にも顔を迫らせていった。

薄桃色の蕾《つぼみ》は、出産の時に息んだ名残《なごり》か、やや突き出たように艶めかしい形をしていた。

鼻を埋めると、汗の匂いに混じって秘めやかな微香が籠もり、恭二郎は胸いっぱいに嗅いでからチロチロと舌先でくすぐった。そして充分に濡らしてから、ヌルッと潜り込ませて粘膜を味わった。

「く……、い、いけません。そんなところ、舐めるものじゃありません……」

実代は子供の悪戯《いたずら》でもたしなめるように言ったが、突き放すような拒《こば》み方はせず、むしろモグモグと肛門で舌先を締め付けてきた。

恭二郎は舌を出し入れさせるように蠢《うごめ》かせてから、ようやく舌を陰戸に戻して、大量に溢《あふ》れた淫水をすすりオサネに吸い付いた。

そして指先を膣口に入れ、内壁を小刻みに摩擦しては、天井の膨らみを圧迫した。

「だ、駄目……。いきそう……！」

実代が声を震わせて言い、懸命に身を起してきた。

絶頂を拒むのではなく、どうせなら一つになって果てたいようだった。

ようやく、恭二郎も彼女の股間から離れて添い寝していった。

すると半身を起こした実代が、彼の股間へと顔を移動させていった。

「こんなに硬くて大きいけれど、綺麗な色……」

彼女は幹を撫で、やんわりと手のひらに包み込みながら囁き、そっと先端に舌を這わせてきた。

鈴口《すずぐち》から滲む粘液を舐め回してすすり、張り詰めた亀頭を含むと、吸いながらスポンと引き抜いた。

さらに幹を舐め下り、ふぐりにしゃぶり付いて睾丸《こうがん》を転がし、熱い息を股間に籠もらせながら袋全体を生温かな唾液にまみれさせた。

そして彼女は再び裏筋を舐め上げ、今度は根元までスッポリと呑み込んできたのだった。

「アア……」

恭二郎は快感に喘ぎ、美女の温かく濡れた口の中で、唾液にまみれた幹をヒクヒクと震わせた。

彼女もクチュクチュと執拗《しつよう》に舌をからめ、上気した頰をすぼめて吸い、充分に濃厚な愛撫を繰り返してくれた。

「も、もう……」

「はい、では入れて下さい……」

高まって言うと、実代もスポンと口を引き離して答えた。

「どうか、お実代さんが上から……」

「私がお武家様を跨《また》ぐのですか。そんな畏れ多い……」

「最初は下になりたいのです」

言うと、彼女も待ちきれないように小さく頷き、恐る恐る恭二郎の股間に跨がってきたのだった。

唾液に濡れた先端を膣口にあてがい、息を詰めて若い一物《いちもつ》を味わうように、ゆっくりと腰を沈み込ませてきた。

三

「アアッ……、いい……！」

ヌルヌルッと根元まで滑らかに受け入れると、実代が顔を仰け反らせて喘いだ。

恭二郎も、肉襞の摩擦の温もり、大量のヌメリに包まれ、うっとりと快感を嚙み締めた。

子を産んでいても、締まりは良いものなのだと実感した。

中は息づくような収縮が繰り返され、大量の淫水が溢れてきた。

彼女は密着した股間を擦りつけるように蠢かせ、白い腹をうねうねと波打たせた。

乳房は豊かに揺れて息づき、濃く色づいた乳首からは、また白濁の乳汁が雫を膨らませていた。

「どうか、顔にかけて……」

恭二郎は彼女を抱き寄せながら言い、乳首の雫を舐め取った。

すると実代も、自ら両の乳首を指でキュッと摘《つま》み、彼の顔に向けて絞り出してくれた。

無数の乳腺から霧状になった乳汁が生ぬるく恭二郎の顔中に降り注ぎ、摘んだ部分からはポタポタと滴《したた》ってきた。

「ああ……」

恭二郎は甘ったるい匂いに包まれて喘ぎ、乳汁に顔中まみれてうっとりと酔いしれた。

すると実代が身を重ねて舌を伸ばし、彼の顔に飛び散った乳汁を舐め回してくれた。鼻の穴を舐められると、甘い吐息と乳汁、唾液の匂いが入り混じり、彼は激しく興奮を高めた。

下から唇を重ね、舌を挿し入れると彼女もチュッと吸い付いてきた。

舌を蠢かせると実代もネットリとからみつけ、熱く甘い息を弾ませた。

恭二郎は滴る唾液を味わい、心地よく喉を潤した。

「ンン……」

さらに喘ぐ口に鼻を押しつけると、光沢あるお歯黒の歯並びの間からは濃厚な吐息が洩れて鼻腔を満たした。花粉のような甘い匂いに、鉄漿《かね》の成分だろうか、ほんのりと金臭い香りも入り混じって、いかにも新造の匂いという感じだった。

彼は匂いの渦に酔いしれながらズンズンと小刻みに股間を突き上げ、何とも心地よい摩擦に高まっていった。

「ああ……、いい気持ち……」

実代も突き上げに合わせて腰を遣《つか》い、快感に声を洩らした。

溢れる蜜汁がクチュクチュと鳴り、乳汁の滲む乳房も強く彼の胸に擦りつけられた。

「い、いく……。アアーッ……！」

たちまち実代は気を遣って喘ぎ、ガクガクと狂おしい痙攣《けいれん》を開始した。

同時に膣内の収縮も最高潮になり、続いて恭二郎も大きな絶頂の快感に全身を包み込まれた。

「く……！」

突き上がる快感に呻き、熱い大量の精汁をドクンドクンと勢いよく内部にほとばしらせると、

「も、もっと……！」

噴出を感じた実代が口走り、さらにキュッキュッときつく締め付けてきた。

恭二郎は激しく腰を上下させ、心地よい摩擦の中で最後の一滴まで出し尽くした。

やがて満足し、動きを止めてグッタリと力を抜いた。

「アア……。こんなに良かったの、初めて……」

実代も満足げに言いながら肌の硬直を解き、身を預けてきた。

まだ膣内がキュッキュッと締まり、刺激されるたびに過敏になった一物がヒクヒクと内部で跳ね上がった。

恭二郎は彼女の温もりの中、甘い息を嗅いでうっとりと余韻を噛み締めたのだった。

そして彼は、女なら誰でも手に入れることの出来る嘉兵衛が、唯一手を出せな

い実代を抱くことが出来、何やら誇らしい気持ちになった。

やがて、さすがに実代はいつまでも武士に乗っているのを悪いと思ったか、そろそろと股間を引き離し、始末する気力も湧かないようにゴロリと横になっていった。

「こんなにお上手《じょうず》なら、姫様もきっと夢中になります……」

「だと良いのですが……」

実代が、まだ息を弾ませて言い、恭二郎も小さく答えた。

「それは、恭二郎様のお立場としては大変でしょうが、とにかく父と一緒にならないことが姫様の幸せと思います」

実代がしみじみと言う。最も身近に、しかも金や色恋を抜きに嘉兵衛を見てきたから言えるのだろう。

「父は、一度手に入れたら、すぐに気が済んで飽きる人です。姫様を嫁にすれば最初は嬉《うれ》しいでしょうが、じき慣れて当たり前になるでしょう。ましてお武家の姫様を不幸にしたら、どんなお咎《とが》めがあるかも分かりません」

「なるほど……」

「今日も行こうとしたけれど、私の説得など聞く父ではありません。ここはやはり、姫様が生娘でなくなるのが一番です」

実代の考えは、全く鞠江や秋乃と同じであった。

「どうか何とか、姫様が父に嫁がなくて済む手立てを、お考え下さいませ」

「ええ、何とか考えてみますね」

「お願い致します……」

実代は言い、思い出したように桜紙を手にし、陰戸を手早く拭《ぬぐ》って身を起こした。

そして彼の股間に屈《かが》み込み、まだ精汁と淫水にまみれている亀頭にしゃぶり付いてきたのだ。

「アア……」

恭二郎はうっとりと喘ぎ、美女の舌の蠢きに回復しそうになってしまった。

しかし実代はヌメリを舐め取り、清めただけでスポンと口を離し、丁寧に懐紙《かいし》で拭ってくれた。

この一物が、今日のうちに鞠江の陰戸に納まるとは、実代は夢にも思っていないだろう。

やがて二人とも起き上がって身繕《みづくろ》いをして階下に降り、待合の支払いは実代がしてくれた。外に出ると、そこで実代とは別れ、恭二郎は黒門町の中屋敷へと戻っていったのだった。

四

「では、どうぞ奥へ……」

恭二郎が井戸端で身体を洗い流すと、秋乃が呼びにきて、彼も鞠江の寝所へと入っていった。

今日も秋乃は同室せず、次の間に控えた。

鞠江は連日の情交にも疲れを見せず、むしろ待ちわびていたように熱っぽい眼差しで恭二郎を見つめた。

「恭二郎殿、早く……」

鞠江が言い、すぐにも自分から寝巻を脱ぎ去ってしまった。

彼も手早く脱ぎ、互いに全裸になって姫君の白い肌に迫った。実代としたばかりだが、もちろん新造と姫君は違い、すぐにも勃起してきた。

まずは屈み込んで、鞠江の爪先に鼻を埋め込んだが、ろくに外も歩き回っていないので、蒸れた匂いも実に淡かった。

だから恭二郎も、少し嗅いで爪先をしゃぶっただけで、腹這いになって脚の内側を舐め上げ、早々と股間に顔を進めていった。

「アア……」

鞠江も、回りくどい愛撫より中心部への快感を求めているように喘ぎ、腰をくねらせて待った。

両膝を割って白く滑らかな内腿に舌を這わせながら、陰戸に目を遣ると、すでにはみ出した花びらは色づき、間からはヌラヌラと清らかな蜜汁が溢れはじめていた。

恭二郎も顔を寄せ、柔らかな若草の丘に鼻を埋め込んでいった。

淡い汗とゆばりの匂いが心地よく鼻腔を刺激し、恭二郎はさっき嗅いだばかりの実代とは異なる体臭を貪った。

舌を挿し入れて膣口の襞を舐め回すと、ほのかな酸味のヌメリが感じられ、動きが滑らかになった。

彼は舌を蠢かせ、味と匂いを貪りながらオサネまで舐め上げていった。

「ああッ……、いい気持ち……」

鞠江が声を震わせて喘ぎ、内腿でムッチリと彼の両頰を挟み付けてきた。

恭二郎は脚を浮かせ、尻の谷間にも鼻を埋め込み、秘めやかな微香を嗅ぎ、舌先で蕾を舐め回した。

ヌルッと潜り込ませて粘膜も刺激し、充分に舌を動かしてから脚を下ろし、再びオサネに吸い付いていった。

「あう……。今度は、私が……」

大量の蜜汁を漏らしながら、すっかり高まった鞠江が言った。

やがて股間から這い出した恭二郎が仰向けになると、鞠江も息を弾ませながら、入れ替わりに身を起こし、一物に顔を移動させていった。

受け身体制になり、股間に姫君の熱い息を感じながら、恭二郎は期待に幹を震わせた。

鞠江はそっと指を添え、チロリと舌を出して鈴口を舐め回してくれた。

よもや、半刻（約一時間）ほど前に別の女がしゃぶり、陰戸に入ったとは夢にも思っていないだろう。

鞠江は新たに滲んだ粘液を舐め取り、亀頭を含んで吸い付いた。

「ああ……」

恭二郎は快感に喘ぎ、姫君の息に恥毛をくすぐられながらヒクヒクと幹を震わせた。

彼女も小さな口を精一杯丸く開いて深々と呑み込み、内部でクチュクチュと舌を蠢かせ、生温かく清らかな唾液にまみれさせてくれた。

そして鞠江は苦しくなって顎《あご》が疲れたか、やがてチュパッと口を引き離し、ふぐりを舐め回してくれた。

「どうか、ここも……」

彼が言い、両脚を浮かせて抱えると、鞠江も厭《いと》わず顔を寄せてチロチロと肛門を舐め回してくれた。しかも唾液に濡らしてから、自分がされたようにヌルッと潜り込ませたのだ。

「あう……」

恭二郎は快感に呻き、一国の姫君に尻の穴まで舐めてもらえる幸福を噛み締めてキュッときつく締め付けた。

鞠江も舌を蠢かせてから引き抜き、再び肉棒にしゃぶり付き、充分に舌を這わせて吸い付いてくれた。

「どうか、上から……」

恭二郎もすっかり高まって言うと、鞠江は身を起こし、彼の股間に跨がってきた。

先端を陰戸に受け入れ、ゆっくりと腰を沈み込ませた。

たちまち唾液にまみれた肉棒は、ヌルヌルッと滑らかな摩擦を受けながら根元まで呑み込まれていった。

「アアッ……！」

鞠江が顔を仰け反らせ、完全に座り込んで股間を密着させてきた。

恭二郎も、姫君の重みと温もりを受け止め、熱く濡れた膣内で心地よく幹を震わせた。

すぐにも鞠江は自分から身を重ねてきた。

彼は顔を上げ、薄桃色の乳首を含んで舌で転がし、左右とも交互に味わい、顔中で柔らかな膨らみを味わった。

さらに腋の下にも鼻を押しつけ、和毛《にこげ》に籠もった甘ったるい汗の匂いで鼻腔を満たした。ここも、あまり動き回っていないので体臭は淡いが、僅かな刺激でも心地よく一物に感激が伝わっていた。

やがて両手を回して抱きすくめ、彼は僅かに両膝を立て、ズンズンと小刻みに股間を突き上げはじめた。

「あう……」

「痛くありませんか」

「気持ちいい。とっても……」

囁くと、鞠江はキュッキュッと味わうように締め付けながら答えた。

もう本当に挿入の痛みは消え去り、一つになった充足感と快楽のみが感じられるようになってきたようだ。

動きに勢いを付けてゆくと、鞠江も応えて腰を遣い、粗相《そそう》したかと思えるほど大量の蜜汁を漏らしてきた。律動が滑らかになり、ピチャクチャと湿った音も聞こえてきた。

「アア……」

鞠江が喘ぎ、恭二郎は下から唇を求めていった。

唇を重ね、柔らかな感触と唾液の湿り気を味わい、舌を挿し入れて滑らかな歯並びと引き締まった桃色の歯茎を舐め回した。

すると彼女も舌を触れ合わせ、ネットリとからみつけてきた。

「ンン……!」

鞠江も彼の舌に吸い付き、熱く鼻を鳴らした。

恭二郎は突き上げながら、さらに姫君の口に鼻を押し込み、甘酸っぱい果実臭の息を胸いっぱいに嗅ぎ、たちまち高まっていった。

「い、いく……」

突き上がる絶頂の快感に全身を貫かれ、彼は口走りながら子壺まで届けよとばかりに、ドクンドクンと勢いよく精汁をほとばしらせた。

「あぁッ……、熱い……」

噴出を感じた鞠江も熱く喘ぎ、ヒクヒクと肌を震わせながら膣内を締め付けてきた。

恭二郎は心ゆくまで快感を味わい、最後の一滴まで出し尽くした。

鞠江も、キュッキュッときつく収縮させせながら息を詰め、すっかり高まった快感を嚙み締めていた、もうほとんど気を遣っており、まったく一人前の反応をしていた。

彼は満足しながら徐々に突き上げを弱めてゆき、姫君の温もりと重みを受け止めながら力を抜いていった。

「アア……、溶けてしまいそう……」

鞠江もグッタリと力を抜いてもたれかかり、熱い息で囁いた。

まだ膣内は収縮し、一物が過敏に反応した。

「好き……。恭二郎殿に嫁ぎたい……」

彼女が言い、恭二郎は複雑な思いにとらわれた。

金持ちだがいやらしい嘉兵衛と、好きだけれど貧乏御家人と、どちらが幸せであろうか。いや、どちらにしろ鞠江は、もっと華やかで大きな幸福を摑《つか》まないといけないのではないだろうか。

彼は様々に思いを巡らせ、姫君のかぐわしい息を間近に嗅ぎながら、快感の余韻を味わったのだった……。

五

「今日、嘉兵衛の娘という女に会いました」

夕餉《ゆうげ》を終え、離れに入ってきた雪絵に恭二郎は言った。

「実代と言い、二十歳ばかりの子持ちの新造です」

「そう……」

「姫様をもらおうとしている嘉兵衛に意見しようとしたらしいです。どうせすぐ飽きて不幸にするのだから、お咎めを受けるのではないかと心配して」

「それで、その実代を抱いたのか」

雪絵が、じっと彼の目を覗き込んで訊《き》いてきた。

「はい……」

「そう、それは上出来。事を進めて嘉兵衛に諦めさせる上で、説得する味方は多い方が良い」

雪絵が言った。

彼女は寝巻姿だが、今日も稽古《けいこ》後の甘ったるい汗の匂いをさせたままなので恭二郎と情交するつもりなのだろう。もちろん彼も、雪絵の匂いを感じてムクムクと勃起してきた。

「そろそろ、押し込みに襲われ、姫が犯された噂《うわさ》を立てねばならない」

「はあ」

「明日にも、源之助とお美津さんが来て、姫が孕《はら》んでいないかどうか調べるようだ」

「悪阻《つわり》も来ないうちに、そんなことが調べて分かるのですか」

「月のものが遅れているし、ゆばりに秘薬を混ぜれば分かるらしい」

「そうなのですか……」

恭二郎は驚いて言った。

長崎では最新式の医術も少々かじったが、そうしたことは聞いたことがなかった。あるいは、美津の家に代々伝わる秘法なのかも知れない。

「とにかく、噂は慎重にしなければならない。むろん武家としては、町方や嘉兵衛などが聞きに来たとしても、そのようなことはなかったと白を切らねばならない」

「はい」

「それでも信憑性《しんぴょうせい》を持たせ、やがて隠しようもなく孕んだことが明らかになって、嘉兵衛が諦めるという段取りだ」

「うまくいきますかね。特に、証拠もないのに噂を広めるのは」

「手籠め人に、お前がまだ会っていない町人の茂助《もすけ》という男がいる。彼が、町で色々な噂を流す。夜半に騒動があったようだとか、悲鳴が聞こえたとか、さらに後日、医者が出入りしていたようなことを」

「なるほど……」

言われて、恭二郎は頷いた。

「実際、武家屋敷にそうしたことが何度かあり、何人かの破落戸が捕まっている。むろん武家の方は警備不足を恥じて、事実を隠すから、有耶無耶《うやむや》で放免されるため後を絶たない。だから、どこの屋敷の姫君が犯されたようだとか、町人はそんな噂で持ちきりなのだ」

「江戸も、物騒になっていたのですね……」

恭二郎は言い、本当に今夜にでも襲ってこられるのではないかという気さえしてきた。

それだけ町人が台頭し、武士の威光が地に落ちている証《あか》しなのだ。

そして嘉兵衛も、生娘でなくなった孕み女でも良いから嫁に欲しい、とは決して言わないだろう。

もともと惚《ほ》れ抜いて、愛情を貫きたくて言ってきたことではなく、あくまで自分と身代の箔《はく》付《づ》けのためにすぎないのだから。

そして諦めた後は、また他に良い手頃な武家娘や姫君を探すだけのことなのだろう。

「いよいよとなれば、どうしても嘉兵衛が会いたいと言うかも知れず、その折は姫が傷ついたような化粧を施《ほどこ》し、悪阻で気分が悪く、意気消沈のふりをしてもらわねばならぬ。まあ実際の悪阻なら、それが一番良いのだが」

「でも、やはり気になります」

「何が」

「本当に孕んで、そのあと幸せになれるのでしょうか。姫も子も」

恭二郎は言った。若殿も家老も知らないことなので、さぞや心痛に見舞われることだろう。

「あとのことは知らぬ。姫と秋乃どのが育てるだろう。最初から、そこまでの依頼だ。それとも、子の親であるお前が嫁にもらうか」

「そんなこと、有り得ないです……」

「まあ、姫もことのほかお前に心を寄せはじめているようだから、町人に嫁がせるよりはましかも知れぬ。もっとも、お前に援助できるほど浦上藩は裕福ではないが」

「そんな、援助など期待もしておりません」

「ああ、それで良い」

雪絵は答え、話を打ち切るように帯を解いて、手早く寝巻を脱いで肌を露《あら》わにしていった。

もちろん恭二郎も全て脱ぎ去り、全裸になって布団に横たわった。

すると、やはり一糸まとわぬ姿になった雪絵が添い寝し、優しく腕枕してくれた。

「私もお前も名目上は姫の警護役だ。それなのに、みすみす姫を犯されてしまうのだから、我らも懸命に戦ったが負け、相当な怪我をしている振りもしなければならぬな」

「嘉兵衛が姫を見舞うようなことがあれば、の話ですね」

「そうだ。その折は、互いに殴り合って、目尻や唇ぐらい切っておいた方が良いな。そして手足も包帯で巻いて、斬《き》り結んだ様子にしておかねば」

雪枝に言われ、恭二郎は恐ろしいと思う半面、何やらゾクゾクと胸の奥が震えてきた。

「どうか、お手柔らかにお願いします」

「嫌だ。一世一代の芝居だからな、存分に痛めつけさせてもらう。実際に、この辺りを刀で裂こうか」

雪絵は顔を寄せて囁き、彼の頬にヌラリと舌を這わせてきた。

「ああ……」

恭二郎は、雪絵の甘い刺激を含んだ吐息を嗅ぎ、滑らかな舌のヌメリに熱く喘いだ。雪絵もチロチロと舌を這わせてから、大きく口を開き、キュッと彼の頬に歯を立ててきた。

「アア……、気持ちいい……。でもどうか、痕《あと》にならぬ程度に……」

彼は甘美な痛みと快感にうっとりと喘ぎ、激しく勃起した肉棒をヒクヒク震わせた。

雪絵はキュッキュッと頑丈な歯を食い込ませ、それでも歯形がつくほどには嚙まなかった。そして彼の耳たぶから鼻の頭にも歯を当て、顔中に舌も這わせてきた。

恭二郎も唇を重ねて舌をからめ、美女の甘い吐息と唾液に酔いしれた。

彼女はことさら大量の唾液をトロトロと口移しに注ぎ込み、恭二郎もうっとりと味わい、心地よく喉を潤した。

そして雪絵は彼の首筋を舐め下り、乳首に吸い付き、そこにもキュッと歯を立ててきた。

「あう……、もっと強く……」

恭二郎は、精悍《せいかん》な美女に食べられているような興奮に包まれ、呻きながら強い刺激をせがんだ。

何しろ頻でなければ、少々の痕が付いても構わない。もっとも鞠江に不審がられるから、雪絵も本気では嚙まなかった。

雪絵は左右の乳首を交互に嚙み、充分に舌を這わせて吸い付き、熱い息で肌をくすぐりながら下降していった。

そして屹立《きつりつ》した一物にしゃぶり付きながら、彼女は身を反転させ、恭二郎の顔に跨がってきたのだ。

女上位の二つ巴《どもえ》の体位になり、彼も下から雪絵の腰を抱え、陰戸に鼻と口を押しつけていった。

潜り込むようにして恥毛に鼻を埋め込んで嗅ぐと、濃厚に甘ったるい汗の匂いと、ゆばりの刺激が入り混じって鼻腔を搔き回してきた。

恭二郎は女丈夫《じょじょうふ》の体臭で胸を満たしながら、舌を這わせてトロトロと溢れる淡い酸味の蜜汁をすすり、息づく膣口から突き立ったオサネまで念入りに舐め回した。

「ンンッ……！」

一物を含みながら雪絵が呻き、反射的にチュッと亀頭に吸い付いて熱い鼻息でふぐりをくすぐった。

さらに彼女は根元まですっぽりと呑み込み、幹を丸く口で締め付け、執拗に舌をからみつけてきた。

「ク……」

恭二郎も快感に呻きながらオサネを吸い、美女の口の中で生温かな唾液にまみれた幹をヒクヒクと震わせた。

そして伸び上がり、目の上で息づく薄桃色の蕾にも鼻を埋め込み、顔中で双丘を感じながら鼻腔を満たした。充分に匂いを堪能してから舌先で細かに震える襞を舐め、ヌルッと潜り込ませて粘膜も味わった。

すると雪絵もスポンと口を離し、ふぐりを舐めまわし睾丸を転がしてから、彼の脚を浮かせて抱え、尻の谷間を舐め回してくれた。

互いに最も恥ずかしい部分に舌を潜り込ませて蠢かせ、やがて再び二人は、それぞれ一物とオサネを吸い合った。

「い、入れたい……」

すっかり高まった雪絵が言って身を起こし、向き合って唾液にまみれた一物に跨がろうとした。

「待って、せっかくだから嗅ぎたい……」

恭二郎は仰向けのまま手を伸ばし、彼女の足首を摑んで引き寄せた。

やはり、せっかく水も浴びずに我慢してくれていたのだから、匂いのするところは味わっておきたかった。

雪絵も素直に腰を下ろし、彼の顔に足を伸ばしてくれた。

彼は大きな足裏に顔を押し当てて舌を這わせ、指の股に鼻を押しつけ、ムレムレの匂いを吸い込んだ。

そして爪先にしゃぶり付いて、汗と脂に湿った指の間を念入りに舐め、もう片方の足も味と匂いを貪った。

「もう良いか」

両足とも舐められた雪絵が言い、待ちきれないように跨がってきた。

先端を陰戸にあてがい、一気に座り込むと、たちまち一物がヌルヌルッと肉襞の摩擦を受けて根元まで呑み込まれた。

「アアッ……！　いい！」

雪絵が顔を仰け反らせて喘ぎ、ピッタリと股間を密着させると、擦りつけるように腰をくねらせた。

すぐに身を重ねてきたので、彼も色づいた乳首を含み、舌で転がしながら顔中で膨らみを味わい、甘ったるい濃厚な汗の匂いに包まれた。

左右の乳首を味わうと、もちろん腋の下にも顔を埋め、腋毛に籠もった悩ましい体臭も胸いっぱいに嗅いだ。

雪絵が腰を遣いはじめ、恭二郎も合わせて股間を突き上げた。

大量に溢れる淫水が律動を滑らかにさせ、きつい締まりと摩擦が彼を高まらせた。

「す、すぐいきそう……」

雪絵が声を上ずらせて言い、彼の肩に腕を回し、しっかりと抱きすくめながら腰を動かした。そして上から唇を重ね、甘い息を弾ませて貪るように彼の舌を吸った。

恭二郎も高まりながら突き上げを強め、美女の甘い吐息と唾液に酔いしれながら昇り詰めていった。

「ク……！」

恭二郎が絶頂の快感に呻きながら、勢いよく射精すると、

「い、いく……。アアーッ……！」

雪絵も口を離し、淫らに唾液の糸を引きながら喘ぐなり、ガクンガクンと狂おしい痙攣を起こして気を遣った。

彼は収縮する膣内に、心置きなく最後の一滴まで出し尽くし、すっかり満足しながら余韻に浸り込んでいったのだった。

第五章　大芝居の果てに快楽を

一

「まだはっきりとは分からぬが、孕《はら》んでいる方が強いと思われる」

源之助が恭二郎に言い、隣に座っている美津も頷《うなず》いた。

今日も昼まで恭二郎は学問所にいて、秋乃が作ってくれた弁当を食ってから中屋敷に戻ってきたのだ。

すると源之助と美津が来ていて、恭二郎は雪絵とともに話を聞いていたのだった。

鞠江は寝所で休んでおり、秋乃が介抱していた。

「そうですか……」

恭二郎は重々しく頷いた。孕んでいたとしたら、確実に自分の子なのだが、まだ実感が湧かない。

「そろそろ、今宵《こよい》あたりに襲われたことにすればちょうど良いだろう。噂《うわさ》の方は茂助に言っておく。あるいは噂を聞きつけ、明日明後日《あさって》にも嘉兵衛が来るかも知れぬので、そのための仕度は調《ととの》えておくように」

源之助が言う。見た目は若い坊主頭の医者だが、裏では鉄魔羅《てつまら》の源《げん》と異名を取る手籠《てご》め人《にん》だ。

本当はこたびの件も、源之助が自分で姫君を抱きたかったかも知れないが、彼には医者の役割があるし、それに鞠江の希望が武士の男だったのだ。

「分かりました」

恭二郎が答えると、傍《かたわ》らの雪絵も頷いた。

「では、今日の交接は夜半でよろしいでしょう。犯すふりをして交われば、互いに感興も湧きましょうから」

美津が言い、やがて源之助は薬箱を持って帰っていった。

恭二郎が着替えに離れに入ると、何と美津が入ってきた。源之助と一緒に帰らなかったようだ。

「頑張っているようで何よりです」

「はい、最初に手ほどきをして頂いたお美津さんのおかげです」

言われて、恭二郎も淫気を覚えながら答えた。

「では手並みの程を見せて下さいませ」

美津は言うなり手早く帯を解きはじめた。恭二郎も急激に勃起しながら、手早く床を敷き延べ、自分も脱いでいった。

先に一糸《いっし》まとわぬ姿になった美津は、白い熟れ肌を惜しみなく晒《さら》し、布団に仰向けになった。

「さあ、どうか存分に」

彼女が身を投げ出して言うと、続いて全裸になった恭二郎も屈《かが》み込み、まずは足裏から舐めはじめた。

「そこから……？」

美津は言ったが、もちろん咎《とが》めるでもなく好きにさせてくれた。

恭二郎は滑《なめ》らかな踵《かかと》から土踏まずを舐め、指の股に鼻を埋《うず》め汗と脂《あぶら》に湿って蒸《む》れた匂いを貪《むさぼ》った。

そして充分に嗅《か》いでから爪先をしゃぶり、全ての指の間を舐め、桜色の爪をそっと嚙んでから、もう片方の爪先も味と匂いが薄れるほど味わい尽くしていった。

「ああ……、丁寧で良いです……」

美津が喘《あえ》ぎながら言い、ビクリと足を震わせた。

やがて彼女を大股開きにさせ、恭二郎は腹這いになって脚の内側を舐め上げていった。

白くムッチリとした内腿を舐め上げ、陰戸《ほと》に迫ると、悩ましい匂いを含んだ熱気が顔に吹き付けてきた。

割れ目はすでにヌラヌラと大量の蜜汁に潤《うるお》い、指で陰唇を広げると、かつて民が生まれ出てきた膣口が艶《なま》めかしく息づいていた。

光沢あるオサネも愛撫を待つようにツンと突き立ち、やがて彼は、自分にとって最初の女の陰戸に顔を埋め込んでいった。

黒々として柔らかな茂みに鼻を擦《こす》りつけて嗅ぐと、隅々に籠もった汗とゆばりの匂いが、悩ましく鼻腔《びこう》を刺激してきた。

恭二郎は熟れた美女の体臭で胸を満たし、舌を這わせはじめた。

生温かなヌメリは淡い酸味を含み、彼は舌先で膣口の襞を掻き回し、突き立ったオサネまで舐め上げていった。

「アアッ……、いい気持ち……」

美津が身を弓なりに反らせ、量感ある内腿でキュッと彼の両頬を挟み付けながら喘いだ。

そして恭二郎は美女の味と匂いを心ゆくまで堪能し、もちろん腰を浮かせ、白く豊満な尻の谷間にも鼻を押しつけていった。

淡い汗の匂いに混じった生々しく秘めやかな微香を嗅ぎ、その刺激が胸から一《いち》物《もつ》にまで伝わっていった。

舌を這わせて濡らし、ヌルッと潜り込ませて滑らかな粘膜を味わい、出し入れさせるように蠢《うごめ》かせた。

再び舌を陰戸に戻し、新たに溢《あふ》れた淫水をすすってオサネに吸い付くと、

「今度は私に……」

美津が彼の手を握って引き、恭二郎も導かれるまま恐る恐る豊満な胸に跨《また》がっていった。

彼女は乳房の谷間に一物を挟んで両側から揉《も》み、顔を起こして舌を伸ばし、鈴《すず》口《ぐち》をチロチロと舐め回してくれた。

さすがに他の女とは、愛撫の巧みさが一線を画していた。

「ああ……」

恭二郎は快感に喘ぎ、さらに股間を進め、根元まで深々と美女の口に一物を潜り込ませていった。

「ンン……」

美津が喉を突かれて呻《うめ》きながら、キュッと口腔を締め付けて吸ってくれた。

熱い鼻息は恥毛をそよがせ、口の中ではクチュクチュと舌がからみつき、肉棒は生温かな唾液にどっぷりと浸り込んだ。

根元まで入れているので、一物の裏側全体に滑らかな舌の表面が満遍《まんべん》なく触れて蠢いた。

危うくなったので肉棒を引き抜き、美津の股間に戻った。

彼女も股を開いて受け入れ体勢を取ったので、そのまま腰を進め、唾液に濡れた先端を、淫水にまみれている膣口に押し当てた。

「アア……、来て……」

美津が言い、彼も感触を味わいながらゆっくり挿入してゆき、ヌルヌルッとした肉襞の摩擦を嚙み締めた。

股間を密着させると脚を伸ばし、身を重ねていくと彼女も両手を回して抱き留めてくれた。

「いいわ。奥まで響く……」

美津が喘ぎ、恭二郎も熱く濡れた柔肉にキュッときつく締め付けられて快感を味わった。

そして屈み込み、色づいた乳首を含んで舌で転がし、左右交互に愛撫した。

さらに腋《わき》の下にも顔を埋め、腋毛に籠もった甘ったるい汗の匂いを嗅ぎ、彼は懐かしい刺激で胸を満たした。

彼女が待ちきれないように下からズンズンと股間を突き上げてきたので、恭二郎も合わせて腰を遣《つか》いはじめた。

何とも心地よいヌメリと摩擦が肉棒を包み込み、彼も本格的に肌を密着させて動きを速めていった。胸の下では豊かな乳房が押し潰《つぶ》れて弾み、コリコリする恥骨も感じられた。

首筋を舐め上げ、上から唇を重ね、舌を挿《さ》し入れて歯並びを舐めた。

すると美津も歯を開き、白粉臭《おしろいしゅう》の甘い息を弾ませて彼の舌にチュッと吸い付いてくれた。

「ンン……」

彼女が鼻を鳴らしてネットリと舌をからめ、恭二郎は甘い息に酔いしれた。

そして生温かくトロリとした唾液をすすりながら、彼はいつしか股間をぶつけるように激しく律動した。

溢れる蜜汁がピチャクチャと鳴り、揺れてぶつかるふぐりまで淫水に温かくまみれた。

「い、いっちゃう……。アアーッ……!」

たちまち美津が口を離して仰《の》け反《ぞ》り、声を上ずらせた。同時に膣内を収縮させ、ガクンガクンと痙攣《けいれん》して気を遣《や》った。

その快感の渦に巻き込まれ、続いて恭二郎も絶頂に達し、ありったけの熱い精汁をドクドクと勢いよく注いだ。

「あう……、もっと……」

噴出を感じた美津が口走り、飲み込むようにキュッキュッときつく締め付けてきた。

恭二郎は心置きなく最後の一滴まで出し尽くし、徐々に動きを弱めながら力を抜いて、熟れ肌に身体を預けていった。

「アア……、良かった。すごく上達したわ……」

美津も満足げに言いながら、グッタリと身を投げ出していった。

まだ膣内は名残惜《なごりお》しげな収縮を繰り返し、一物が過敏に反応してヒクヒクと中で跳ね上がった。

恭二郎は息づく熟れ肌に身を重ね、熱く甘い息を間近に嗅ぎながら、うっとりと快楽の余韻に浸り込んでいったのだった……。

二

「では、どうか本当の押し込みのように乱暴に……」

鞠江が、不安と期待で微《かす》かに息を弾ませて言った。

夕餉《ゆうげ》も済ませ、恭二郎も寝巻姿で彼女の寝所にいた。雪絵と秋乃は別室に控えていた。

押し込みが入ったという大芝居の名残は、明朝にでも部屋を散らかしたり恭二郎と秋乃が怪我をした細工をするつもりだった。

「はい、では存分に」

恭二郎は答えたものの、そう本気でするつもりも必要もない。ただ鞠江がワクワクし、目を輝かせているので、普段とは違うやり方を望んでいるようだ。

「押し込みは、どのように女を犯すのでしょう……」

「さて、まず身動きできぬよう縛ったり、声を上げられぬよう猿ぐつわを嚙ませるかも知れませんね」

「どうか、してみて下さいませ……」

鞠江が言い、恭二郎も激しく勃起してきた。

「では、痛かったらいつでも仰《おっしゃ》って下さいね」

彼はにじり寄り、まずは手拭《てぬぐ》いで鞠江に猿ぐつわを嚙ませて縛った。

「ク……」

彼女が小さく呻き、早くも興奮にクネクネと身悶《みもだ》えた。

「では縛りますよ」

言い、彼は紐《ひも》で鞠江の両手首を前で縛り付けた。

「相手が私でないと思った方が、雰囲気が変わるかも知れません。これも」

さらに恭二郎は、手拭いで鞠江に目隠しをして布団に横たえたのだった。

「ンン……」

鞠江が呻き、横向きになって身体を丸めた。縮めた両手首が縛られ、猿ぐつわと目隠しに、彼もゾクゾクと興奮を高めていった。

やはり、普段と僅《わず》かでも形が違うと様子が一変するものだった。

しかも寝巻の裾《すそ》が乱れ、覗《のぞ》く脚も普段以上に艶めかしかった。

そして彼女もまた、身動きできず視界も言葉も奪われ、通常とは違う不安を興奮に変えて妖《あや》しく息づいていた。

見られていないと思うと恭二郎も大胆になり、手早く脱ぎ去って全裸になり鞠江の足に迫っていった。

足首を摑《つか》んで少々乱暴に持ち上げ、足裏を舐め、指の股の湿って蒸れた匂いを嗅ぎ、爪先にしゃぶり付いた。

「う……！」

鞠江は呻き、いつになく指の間は汗ばみ、反応も激しいようだった。

恭二郎はもう片方の足裏と爪先も荒々しく貪り、鞠江の裾を開いて、ムッチリした脚の内側を舐め上げていった。

両膝の間に顔を割り込ませ、完全に裾をめくって股間を露《あら》わにすると、湿り気ある熱気が揺らめいた。

見ると、割れ目からはみ出した花びらはネットリとした大量の蜜汁に潤い、ヒクヒクと白い下腹が波打っていた。

柔らかな若草に鼻を埋め、擦りつけて嗅ぐと汗とゆばりの匂いも普段より濃く、悩ましく鼻腔を刺激してきた。

恭二郎は姫君の体臭で胸を満たし、舌を這わせていった。

膣口を舐め回し、オサネまでたどっていくと、

「ンンッ……！」

鞠江がビクッと激しく反応して呻いた。

彼はオサネに吸い付き、大量に溢れる淡い酸味のヌメリをすすり、もちろん腰を浮かせて尻の谷間にも鼻を埋め込んでいった。

秘めやかな微香を嗅ぎ、舌を這わせてヌルッと潜り込ませ、滑らかな粘膜を執《しつ》拗《よう》に舐め回した。

「ク……」

鞠江は呻きながらキュッと肛門を締め付け、少しもじっとしていられないほど感じて悶え続けた。

再び陰戸に戻ってオサネを吸い、さらに彼は滑らかな肌を舌で這い上がり、帯を解いて完全に寝巻を開いた。そして薄桃色の乳首に吸い付き、顔中を柔らかな膨《ふく》らみに押しつけた。

鞠江は手拭いを嚙みながらクネクネと身悶え、甘ったるい汗の匂いを揺らめかせた。

恭二郎は両の乳首を交互に舐め、縛った両手を上に上げ、無防備になった腋の下にも鼻を埋め、和毛《にこげ》に籠もった生ぬるい体臭を嗅ぎまくった。

そして猿ぐつわを解き、しっとりと唾液を吸った手拭いを引き離した。彼女が息つく暇もなく、肉棒の先端を口に押しつけると、

「ウ……」

彼女もすぐに亀頭を含み、熱い息を震わせて吸い付いてきた。

さらに喉の奥まで押し込み、温かく濡れた口の中で幹を震わせると、鞠江も懸命に頰をすぼめて吸い、クチュクチュと舌をからみつかせてきた。

充分に濡れて高まると、恭二郎はヌルッと引き抜き、彼女をうつ伏せにさせ尻を突き出させた。

彼は膝を突いて身を起こし、股間を進め、まずは後ろ取りでヌルヌルッと一気に挿入していった。

「あぁッ……！」

鞠江が熱く喘ぎ、背を反らせてキュッと締め付けてきた。

「きょ、恭二郎殿よね？　それとも違うの……？」

彼女が、いつにない激しさと体位で急に不安になったように言った。いや、あえて他の男ではないかと思い込み、自ら興奮と快感を高めているのかも知れない。

恭二郎も答えず、良く締まる膣内の感触と温もりを味わいながら腰を抱え、ズンズンと股間を前後に動かしはじめた。

「あう……！」

鞠江は顔を伏せ、尻だけ高く持ち上げた形で呻いた。

恭二郎も股間をぶつけるように突き動かし、下腹部に当たって弾む尻の丸みを味わった。

大量の淫水が溢れて律動を滑らかにさせ、彼女の内腿にも伝い流れはじめてクチュクチュと摩擦音を響かせた。

やがて彼は、前に試したように下にいる鞠江を横向きにさせ、内腿を跨いで松葉くずしの体位に変え、股間を交差させた。

なおも腰を動かして摩擦を味わってから、さらに鞠江を仰向けにさせてのしかかり、本手《ほんて》で本格的に動きはじめた。

「ああ……。何だか、変に……」

鞠江が目隠しをされたまま喘ぎ、キュッキュッと締め付けながら自らも股間を突き上げてきた。

恭二郎は胸で乳房を押し潰しながら、上から唇を重ねていった。

柔らかな唇を舐め回し、舌を挿《さ》し入れてネットリとからめると、

「ンン……」

鞠江も熱く鼻を鳴らし、チュッと吸い付いてきた。

熱く湿り気ある吐息も、いつになく甘酸っぱい果実臭が悩ましく濃く、その刺激が胸に沁み込み、彼の腰の動きに勢いが付いてきた。

「お、お願い。目隠しを外して、縄も解いて……！」

鞠江が声を上ずらせて哀願し、ズンズンと股間を突き上げ続けた。

恭二郎もすっかり高まったので、彼女の目隠しを取り外し、両手首の縛《いまし》めも解いてやった。

「ああ……、恭二郎……！」

目を開けて確認すると、鞠江が感究まったように口走り、下から両手を回ししっかりとしがみついてきた。

彼も鞠江の肩に腕を回し、肌の前面を密着させながら、股間をしゃくり上げる

ように動かした。

「す、すごいわ……。身体が宙に舞うように……。アアーッ……！」

鞠江が声を上ずらせ、たちまちガクンガクンと狂おしく痙攣し、彼を乗せたまま腰を跳ね上げた。膣内の収縮も最高潮になり、どうやら本格的に気を遣ったようだ。

恭二郎は、自分の手で生娘《きむすめ》を女にした思いで、続いて昇り詰め、大きな絶頂の快感に全身を貫かれてしまった。

「く……！」

突き上がる快感に呻きながら、熱い大量の精汁をドクンドクンと勢いよく内部にほとばしらせ、奥深い部分を直撃した。

「アア……、熱い……」

噴出を感じて駄目押しの快感を得たように、鞠江が喘いで彼の背に爪まで立ててきた。

恭二郎は心地よい摩擦の中、心置きなく最後の一滴まで出し尽くし、満足しながら徐々に動きを弱めていった。

「ああ……、こんなの初めて……」

鞠江も満足げに声を洩らすと、グッタリと肌の強《こわ》ばりを解いて四肢を投げ出していった。

そして初めての絶頂に戦《おのの》き、いつまでも熱い息が震え、膣内の収縮が続いた。

恭二郎も力を抜き、姫君の甘酸っぱい息を嗅ぎながら、うっとりと快感の余韻を嚙み締めたのだった。

三

「さて、噂を聞けば、今日明日にも嘉兵衛が訪ねてくるかも知れません。急いで仕度を」

源之助と一緒に来ていた美津が、一同に行った。

翌朝である。

まずは美津が、持ってきた薬草や化粧道具で、鞠江の唇の端や頰、目尻にも叩かれたような痣《あざ》らしきものを付け、ついでに恭二郎と雪絵、もちろん秋乃だけ無傷も変なので皆に施《ほどこ》した。

さらに恭二郎と雪絵は頭や腕に晒《さらし》を巻き、念入りに晒の中の腕も痣を付けておいた。

恭二郎は、実際に雪絵に殴られなくてほっとしたが、少しだけ残念な気もした。美しい雪絵にならば、傷や痕《あと》になるほど、少々痛めつけられても良いと思っていたのだ。

美津が四人に傷跡を施している間に、源之助が障子を破ったり外して立てかけたりし、雪絵の刀で襖《ふすま》に傷を付けたりした。

今日は、恭二郎も学問所を休ませてもらうことにした。

そして彼は庭に出て、草木や裏木戸なども乱れていたほうが良いかどうか確認して回った。

すると、その時裏木戸から若い男が入ってきたのだ。

「何者！」

恭二郎が晒を巻いた左手で脇差の鯉口《こいぐち》を切ると、男は両手を前に出した。

「お、お待ち下さい。お仲間の茂助と申します」

「ああ……」

恭二郎は、自分と同じ年恰好《としかっこう》の町人に頷きかけた。

「失礼致します」

通してやると、茂助は縁側から美津に言った。

「布袋屋が、すぐにも来そうな勢いです」

「何、早いな」

言われて、源之助も作業を急いだ。

あとで聞くと、茂助は読売屋や居酒屋界隈《かいわい》に顔が利き、それとなく破落戸《ごろつき》による押し込みの噂を流し、さる藩の中屋敷が襲われたらしいということを吹聴《ふいちょう》したようだった。

昨今ままあることだが、嘉兵衛は耳ざとくそれを聞きつけ、よもやと思いすぐにも反応したのだろう。

「よし、茂助。外で嘉兵衛がきたら合図をして、裏木戸から帰れ。あとは秋乃さんがうまくやる」

「承知しました」

言われて茂助は外に出て、嘉兵衛が来るのを待機した。

その間に美津も傷跡の化粧と晒を巻く作業を終え、室内も狼藉《ろうぜき》の痕《あと》が生々しい状態になった。

鞠江は神妙に臥《ふ》せり、怪我だらけの恭二郎と雪絵も傍らに待機した。

「来ました」

茂助が門から入って声を掛け、自分はそのまま裏木戸から、美津と一緒に出ていった。

そして、いかにも町医者然とした十徳《じっとく》姿の源之助が薬箱を持ち、怪我をしている秋乃に見送られて玄関を出た。

と、そこへ嘉兵衛が一人でやって来たのである。

「では先生、有難うございました」

「ああ、また明日来るが安静にな」

秋乃が言い、源之助が帰ろうとしたときに嘉兵衛が目を丸くして迫った。

「い、いったい何があったのです……」

青ざめた嘉兵衛が声を詰まらせて言い、源之助はそのまま辞儀をして帰っていった。

秋乃は嘉兵衛に向き直り、

「取り込み中ですので、どうか今日のところは……」

迫真の演技で、懇願《こんがん》するように頭を下げて言った。

「い、いや、街の噂では、この界隈から夜半に悲鳴が聞こえたとか、騒然となった物音を聞いたとか言う人がいて、まさかここではないかと駆けつけてきたのですが、どうか姫様にお目通りを……」

嘉兵衛が必死になって言った。

「姫様は臥せっております」

「どうか一目なりと、私はまがりなりにも許婚《いいなずけ》なのですぞ」

嘉兵衛も執拗に言い寄り、やがて秋乃も傷の痛むふりをしながら、小さく頷いた。

「ほんの少しだけなら……」

「ええ、お顔を見たらすぐ退散致しますので」

言われて嘉兵衛は安堵《あんど》し、一緒に玄関から入ってきた。

「こ、これは……」

寝所に足を踏み入れると、嘉兵衛は部屋の有様と、怪我をしている恭二郎と雪絵を見て絶句した。

「な、何事ですか、これは……」

嘉兵衛が言い、秋乃が座ると彼もその場にへたり込んだ。

海千山千《うみせんやません》の嘉兵衛も、鞠江に執着するあまり疑うこともせず呆然《ぼうぜん》としているので、恭二郎は少し哀れになった。

「何でもございません。警護の二人が酒に酔って口論となり、とうとう白刃《はくじん》を抜いて喧嘩《けんか》になったのを私も間に入って止めようと……」

「そ、そんなはずはない。いや、お武家様ですから、本当のことを言えぬご事情も分かりますが……、とにかく姫様はご無事なのですね……」

嘉兵衛は言い、昏睡《こんすい》のふりをしている鞠江の方を窺《うかが》った。

眠っていても、その目尻や唇の端の傷は隠しようもない、というより目立つようにしているのだ。

「ああ、まさか、姫様は破落戸に犯され……」

「これ、滅多なことを口になさいますな。先ほど医者に診《み》てもらいましたが、しばらくは安静にとのことなので、どうか今日はこれにて……」

「し、しかし、それで孕むようなことが……。いや、それよりまだ生娘なのですか……」

嘉兵衛はしどろもどろになり、布袋のような巨体を縮め、すっかり意気消沈してしまったようだ。

(気の毒に……)

また恭二郎は嘉兵衛に同情した。

「とにかく、今日のところはお引き取り下さいませ……」

秋乃が、頰の傷を痛そうに手で擦りながら言うと、ようやく嘉兵衛も小さく頷いた。

「わ、分かりました……。引き上げます……」

「嘉兵衛殿。このことは藩邸にはご内密に。我ら一同、腹を切ることになりますので……」

秋乃が、追い討ちを掛けるように駄目押しをした。

「しょ、承知しました。せっかく死人が出ずに済んだのですから、決して上屋敷には申しませんので、どうか皆様お大事に……」

嘉兵衛も、武士にとっての事の重大さを察して答えた。

そして立ち上がり、肩を落として玄関へ行くのを、秋乃が辛《つら》そうに見送りに行った。

思わず雪絵が、うまくいったと顔を上げたが、恭二郎は嘉兵衛を気の毒に思って沈痛な面持《おもも》ちになった。

やがて、見送りに出た秋乃が戻ってきた。

「相当に落ち込んでいる様子です」

「では、信じたのですね」

秋乃が言うと、雪絵も笑みを洩らして言った。

「ええ。ああした男は、いったん生娘でないと疑うと、もうそれが頭から離れぬでしょう。あとは孕んだ兆《きざ》しでも知れば、それで諦《あきら》めるはず」

「まあ、しばらくは我らも外出を控え、恭二郎も怪我が癒《い》えぬ様子のまま学問所に行くと良い。どこで嘉兵衛に見られるか分からぬ」

雪絵が言って、恭二郎を見た。

「はい、そのように致します」

「どうした。首尾良くいったのに元気がないな」

「何だか可哀想で」

「なんの。他に替わりの女はいくらでもいよう」

雪絵は、同情の片鱗《へんりん》だに見せずに言い放った。

彼女は嘉兵衛の、淫猥《いんわい》に脂ぎった巨体を間近にした嫌悪感が、いつまでも去らないようだった。

やがて恭二郎は、離れへと戻った。

学問所に行かれなかったので、せめて明日の講義の準備でもしようと思ったのだった。

するとと少し経って、雪絵が入ってきた。

四

「姫様はどうしていますか？」

「ああ、昼餉まで横になっているようだ。まずは安堵したのだろう」

訊《き》くと、雪絵が答えて座った。

「この格好では、庭で素振りも出来ぬ」

「そうですね。また嘉兵衛が見舞いに来ないとも限りませんから」

恭二郎は言いながら、また淫気を催《もよお》してしまった。どうにも、女と部屋に二人きりとなると股間が熱くなってしまう。

「さっきの、茂助。あれも、お美津さんやお民、雪絵様と情交したのですか」

「なんだ、妬《や》いているのか」

「それは、妬けます……」

「手籠め人の仲間だ。仕方がない。それは茂助も同じ気持ちだろう。まして自分だって多くの女としているのだ。それともお民か私を妻にするか。そうすれば他の者は何もしない」

「いえ……。所帯のことなど、まだ何も考えられません……」

「そうだろう。とにかく、今まで通りだ。そして嘉兵衛が完全に諦めたら、我らの仕事も終わる」

雪絵が言い、脇差を置いて帯を解きはじめた。

「昨夜、姫はたいそう激しく気を遣っていた。お前も、相当な手練《てだ》れになっていたのだな」

彼女も淫気を高めたように言い、頬を紅潮させた。

恭二郎は手早く床を敷き延べ、自分も着物と下帯《したおび》を脱ぎ去って全裸になっていった。

雪絵も一糸まとわぬ姿になり、ところどころ化粧で施した痣はあるが、張りのある乳房が息づき、甘ったるい匂いが解放されて漂った。

彼女が布団に仰向けになると、恭二郎も迫っていった。

屈み込んで乳首に吸い付くと、

「ああ……、嚙んで……」

すぐにも雪絵が喘ぎ、強い刺激を求めてきた。

あるいは恭二郎と同じく、化粧ではなく本当に傷つけられたい願望があったのかも知れない。

彼も舌で転がしてから、突き立った乳首に歯を立て、コリコリと刺激してやった。

「アア……、もっと強く……」

雪絵が喘ぎ、ほんのり汗ばんだ肌をヒクヒクと波打たせた。

恭二郎も力を込めて乳首を嚙み、もう片方も念入りに愛撫した。

「気持ちいい……」

雪絵が言って身悶え、彼は両の乳首を刺激してから腋の下にも顔を埋め、腋毛に鼻を擦りつけて嗅いだ。

今日は稽古《けいこ》をしていないので、甘ったるい汗の匂いも淡い方だが、それでも刺激はゾクゾクと一物に伝わっていった。

恭二郎は充分に嗅いでから肌を舐め下り、時に歯を食い込ませた。

「あう……。血が出るほど嚙んでも良い……」

雪絵が声を上ずらせて言うが、そうそう肌が裂けるほど嚙めるものではなかった。

彼は引き締まった腹部や脇腹の肉を咥《くわ》え、モグモグと愛撫しながら逞《たくま》しい脚を這い下りていった。

野趣《やしゅ》溢れる臑毛《すねげ》に頰ずりをし、舌を這わせ、足裏も舐め回した。

指の間の蒸れた匂いも普段より淡いが、貪るように嗅いで爪先にしゃぶり付いた。

歯も立てて両足とも味わってから、腹這いになって脚の内側を舐め上げ、股間に顔を進めていった。張りのある内腿にもキュッと歯を立てると、陰戸から発する熱気が顔中を包み込んできた。

割れ目を見ると、すでに陰唇の間からはヌラヌラと白っぽく濁《にご》った蜜汁が滲み出していた。

顔を埋め込み、柔らかな恥毛に鼻を擦りつけて生ぬるい汗とゆばりの匂いを吸収し、桃色の柔肉を舐めると、淡い酸味のヌメリが舌の動きを滑らかにさせていった。

恭二郎は襞の入り組む膣口を舐め回し、味わいながらオサネに吸い付き、そっと前歯で挟んだ。

「あう……、いい。もっと……」

雪絵が呻き、キュッと彼の顔を内股で挟み付けながらせがんだ。

軽く小刻みにオサネを噛み続けると、彼女の下腹の波打ちが激しくなり、淫水もトロトロと大量に溢れてきた。

彼はヌメリをすすりながらオサネを愛撫し、さらに腰を浮かせて谷間の蕾《つぼみ》にも鼻に押しつけて嗅いだ。生々しい秘めやかな微香で胸を満たし、舌先でくすぐるように舐め、ヌルッと潜り込ませた。

「く……」

雪絵も奥歯を噛み締めて呻き、モグモグと味わうように肛門で彼の舌先を締め付けてきた。充分に舐めてから陰戸に舌を戻し、新たに溢れた蜜汁を舐め取り、オサネに吸い付いた。

すると雪絵が身を起こし、入れ替わりに彼を仰向けにさせ、すぐにもスッポリと一物を呑み込んできたのだった。

「アア……」

恭二郎は快感に喘ぎ、強く吸い付かれながら唾液に濡れた幹を震わせた。

彼女も熱い鼻息で恥毛をくすぐり、クチュクチュと舌をからめて吸い付き、生温かな唾液でどっぷりと肉棒を浸してくれた。

幸い、歯を立てられることもなく、やがて彼女はスポンと口を引き抜いて、身を起こしてきた。

そのまま彼の股間に跨がり、先端を膣口に受け入れて腰を沈み込ませた。

ヌルヌルッと心地よい肉襞の摩擦を受けながら、一物は根元まで柔肉の奥に没し、彼女は座り込んで股間を密着させた。

「ああ……、いい気持ち……」

雪絵が顔を仰け反らせて喘ぎ、きつく締め上げてきた。

恭二郎も股間に重みと温もりを受けながら、中でヒクヒクと幹を震わせて快感を嚙み締めた。

やがて雪絵が身を重ねてきたので、彼も両手を回して抱き留めた。

「突いて。強く奥まで……」

雪絵が彼の肩に手を回しながら囁《ささや》き、上からピッタリと唇を重ねてきた。

恭二郎も柔らかな感触を味わい、股間を突き上げはじめた。

「ンンッ……！」

雪絵が熱く呻きながら自分も腰を遣い、ネットリと舌をからみつけてきた。

彼は滑らかに蠢く舌を味わい、湿り気ある花粉臭の息を嗅ぎながら、注がれる唾液で喉を潤した。

突き上げるたび、新たに溢れる淫水が律動を滑らかにさせ、ピチャクチャと音を立てた。

恭二郎は高まりながら舌を蠢かせ、彼女の頑丈な歯の裏側を舐め、生温かな唾液をすって息の匂いに酔いしれた。

「もっと唾《つば》を出して……」

囁くと、雪絵もことさらに多くの唾液を分泌させ、トロトロと吐き出してくれた。それを舌に受け、彼はうっとりと味わい、小泡の多い粘液で心地よく喉を潤した。

「顔中にもかけて下さい……」

股間を激しく突き上げながら言うと、雪絵は形良い唇をすぼめ、ペッと勢いよく吐きかけてくれた。

「ああ……」

恭二郎は生温かな粘液の固まりを鼻筋に受け止め、甘い息の匂いに喘いだ。

そして彼女は、頰の丸みを伝い流れる唾液を舐め取り、そのまま彼の顔中に舌を這わせてくれた。

恭二郎は顔中ヌルヌルにまみれ、美女の甘い匂いに刺激されながら勢いよく腰を遣った。

「い、いく……。アアーッ……！」

すると雪絵が口を離して喘ぎ、そのままガクガクと狂おしく痙攣して気を遣ってしまった。

恭二郎も、収縮する膣内に刺激され、続いて絶頂を迎えた。

「う……」

突き上がる大きな快感に呻きながら、ありったけの熱い精汁をドクンドクンと勢いよく内部にほとばしらせた。

「気持ちいい……！　もっと出して……！」

噴出を感じた雪絵が、駄目押しの快感を得て口走り、さらにきつく締め付けて腰を遣った。恭二郎は最後の一滴まで絞り尽くし、満足しながら徐々に突き上げを弱め、グッタリと四肢を投げ出していった。

「ああ、良かった……」

雪絵も声を洩らし、硬直を解きながら力を抜いて身体を預けてきた。

恭二郎は、まだキュッキュッと締まる膣内で過敏に幹を震わせ、甘い息を嗅ぎながら余韻を味わったのだった……。

五

「おや、お民、来ていたの」

恭二郎が文机《ふづくえ》から顔を上げると、民がはにかんで部屋に入ってきた。

あれから雪絵と情交を終え、彼は井戸端で身体を洗い流してから昼餉を済ませた。

昼過ぎは、ずっと講義の準備をしていたのだった。そして、いつでも昼寝できるように、布団も敷きっぱなしでいた。

「ええ、みんな怪我で大変でしょうから、おっかさんに言われてお惣菜《そうざい》を持ってきたの」

民が悪戯《いたずら》っぽく言い、たちまち恭二郎は勃起してきてしまった。

彼は、この同い年で気さくな町娘が好きだった。

「お民は、所帯を持つなら鉄丸先生と、茂助と私と誰がいい？」

恭二郎は訊いてみた。

「さあ……。みんな好きだけれど……」

民は、愛くるしい笑窪《えくぼ》を浮かばせ、小首を傾《かし》げて答えた。

「やっぱり、手籠め人でない普通の人がいい」

「あはは、そうか。じゃ普通の人と所帯を持ったら、やはり生娘のふりをするのかな」

「どうかしら。でも、どうして男は生娘にこだわるのかしら」

民が座って言い、ふんわりと生ぬるい日なたの匂いを揺らめかせた。

「うん、最初から何もかも自分のものにしたいのだろうね」

恭二郎は答えながら、嘉兵衛のことを思い出し、そして自分の手で女にした鞠江にも思いを馳《は》せた。

「恭二郎様も？」

「どうかな。手籠め人の一人になった以上あまりこだわる気はないが、少しは妬ける。お民も、鉄丸先生や茂助としているだろうし」

「やっぱり男の方は気になるのね。私は、朝起きたら生娘に戻った気持ちでいるのに」

「そうか、それは良いことを聞いた。私も起きたら無垢《むく》に戻ることにしよう」

恭二郎は言い、帯を解いて着物を脱ぎはじめた。

「少しぐらい、大丈夫かな？」

「ええ、夕餉の仕度は秋乃様がするし、私は少ししたら帰るだけだから」

彼が言うと民も答え、立ち上がって手早く帯を解き、着物を脱ぎはじめてくれた。

先に全裸になった恭二郎は布団に仰向けになり、続いて民も一糸まとわぬ姿になり、健《すこ》やかな肢体を露わにした。

「ここに座って」

下腹を指して言うと、民も物怖《ものお》じせず跨がり、彼の腹に腰を下ろしてきた。

美少女の割れ目が肌に密着し、柔らかな茂みの感触とともに、陰戸の温もりと微かな湿り気が伝わった。

彼は立てた両膝に民を寄りかからせ、両脚を伸ばさせて顔に引き寄せた。

「あん……」

民が身体の重みを恭二郎に乗せ、よろけそうになって腰をくねらせた。

彼は顔中に美少女の両足の裏を受け止め、舌を這わせた。

指の間に鼻を割り込ませると、そこは汗と脂に湿り、生ぬるくムレムレになった匂いが濃く沁み付いていた。

恭二郎は民の足の匂いを貪りながら足裏を舐め、爪先にもしゃぶり付いて指の股に順々に舌を潜り込ませていった。

「アア……」

民がくすぐったそうに喘ぎ、密着する陰戸を少しずつ濡らしてきた。

やはり美津に似て、相当に感じやすく濡れやすいたちなのである。

恭二郎は両足とも存分に味わってから民の手を引き、前進させて顔に跨がらせた。

彼女も素直にしゃがみ込み、内腿と脹《ふく》ら脛《はぎ》をムッチリと張り詰めさせ、可愛い陰戸を恭二郎の鼻先に迫らせてきた。

ぷっくりした割れ目からはみ出す花びらは僅かに開き、奥の桃色の柔肉を覗かせていた。

花弁状に襞の入り組む膣口が息づき、オサネもツンと突き立っていた。

彼は民の腰を抱え、柔らかな若草に鼻を埋め込んで嗅いだ。

隅々には、甘ったるい汗の匂いが馥郁《ふくいく》と籠もり、下の方には残尿臭の刺激も可愛らしく入り混じっていた。

胸いっぱいに美少女の体臭を嗅ぎ、舌を這わせると、淡い酸味のヌメリが感じられた。

息づく膣口をクチュクチュと掻き回し、オサネまで舐め上げていくと、

「アアッ……、いい気持ち……」

民が熱く喘ぎ、思わずギュッと座り込みそうになって、懸命に両足を踏ん張った。

滴《したた》るほどにトロトロと溢れてきた淫水をすすり、さらに彼は尻の真下に潜り込み、顔中にひんやりした丸い双丘を受け止めながら、谷間の蕾に鼻を埋め込んでいった。

秘めやかな微香が籠もり、恭二郎は貪るように嗅いでから、舌先で襞を舐め回し、ヌルッと潜り込ませて粘膜も味わった。

「あう……、駄目よ。汚いわ……」

民が、何やら幼い弟の悪戯でもたしなめるように言った。

恭二郎は充分に舌を蠢かせてから陰戸に戻り、オサネに吸い付いた。

「ああン……」

彼女が喘ぎ、さらに新たな淫水を漏らしてきた。

「ね、ゆばりを出して……」

真下から囁くと、民も吸い付かれて尿意が高まったか、拒《こば》みもせず下腹に力を入れはじめてくれた。

舐めながら期待に胸を震わせて待つと、やがて柔肉が迫《せ》り出すように盛り上がり、温もりと味わいが変化した。

「あん、出ちゃう……」

民がか細く言うなり、温かな雫《しずく》がポタポタと滴り、徐々にチョロチョロと一条《ひとすじ》の流れになって彼の口に注がれてきた。

「ク……」

恭二郎は噎《む》せないよう気をつけながら受け止め、少しずつ喉に流し込んでいった。

民も、勢いを付けないよう小出しにしてくれた。美少女から出たものは、味も匂いも実に淡く、抵抗なく飲み込むことが出来た。

しかし流れはすぐに治まり、彼女はぷるんと愛らしく下腹を震わせた。

恭二郎は余りの雫をすすり、割れ目内部を舐め回して残り香を味わった。

「い、いきそう……」

すっかり高まった民が言い、自分から股間を引き離して移動していった。

そして屈み込んで、屹立《きつりつ》した肉棒にしゃぶり付いてくれた。

「ああ……、気持ちいい……」

恭二郎はうっとりと快感に喘ぎ、唾液にまみれた幹をヒクヒクと上下に震わせた。

民も小さな口を丸く開き、根元まで頬張って熱い息を股間に籠もらせ、笑窪を浮かべてチュッチュッと無邪気《むじゃき》に吸った。

さらに吸い付きながらスポンと引き抜き、ふぐりも満遍なく舐め、睾丸《こうがん》を転がしてくれた。

「い、入れて……」

充分に高まった恭二郎は言い、腰を抱えていた彼女の手を握って引き上げていった。民も素直に身を起こして跨がり、唾液に濡れた先端を陰戸に受け入れて座り込んだ。

たちまち肉棒は、襞の摩擦を受けてヌルヌルッと滑らかに根元まで呑み込まれていった。

「アア……、すごいわ……」

民もぺたりと座り込み、キュッときつく締め付けながら喘いだ。

恭二郎も温もりと感触を味わい、両手を伸ばして彼女を抱き寄せた。

そして顔を上げ、薄桃色の乳首に吸い付いて舌で転がし、左右を交互に舐め回した。

顔中に柔らかな膨らみが密着して弾み、甘ったるい汗の匂いが漂った。

さらに腋の下にも鼻を埋め込み、汗に湿った和毛に籠もる体臭で鼻腔を満たした。

股間を突き上げると、民も合わせて腰を遣い、互いの動きが一致してきた。

溢れる淫水がクチュクチュと鳴り、動きが滑らかになって勢いが付いた。

「い、いきそう……！」

民が口走り、恭二郎も下から唇を重ね、舌をからめて清らかな唾液をすすり、甘酸っぱい息の匂いを存分に味わった。

すると先に彼の方が昇り詰め、ありったけの精汁をほとばしらせた。

「あう……、いく。気持ちいいッ……！」

民も噴出を受けると同時に気を遣り、声を上ずらせてガクガクと狂おしく痙攣した。

恭二郎は心置きなく快感を味わい、最後の一滴まで出し尽くした。

そして動きを弱め、美少女の果実臭の息を間近に嗅ぎながら、うっとりと快感の余韻を噛み締めたのだった。

第六章　熱き淫水は止めどなく

一

「これはどうも。確か草壁様、でしたな」

恭二郎が学問所の帰り、黒門町に向かっていると、途中で嘉兵衛に声をかけられた。

まだ目尻や唇には絆創膏《ばんそうこう》を貼り、腕は吊っていないが手首には晒《さらし》を巻き付けておいて良かったと思った。学問所でも、どうしたのかと訊《き》かれたが、破落戸《ごろつき》に喧《けん》嘩《か》を売られたのだと答えておいた。

「あ、これは……」

恭二郎も辞儀をし、嘉兵衛の様子を窺《うかが》った。

「お怪我の方はいかがでございます」

彼は、一緒に歩きながら訊いてきた。

「ええ、おかげさまで少しずつ良くは……」

恭二郎は答えながら、やや足を引きずるような演技もした。

「それは良うございました。姫様のご様子は？」

「ずっと臥《ふ》せっておりますし、姫様のお世話は、男ではなく秋乃様のお役目ですので」

彼は警戒しながら答えたが、嘉兵衛もどこまで信じているのか、あるいは芝居ではないかと疑っているのか、なんとも判然としなかった。

と、そのとき実代が来たのだった。

「おとっつぁん、武家屋敷に押し込んだ破落戸たちが捕まったわ。聞いた？」

実代は、恭二郎に会釈《えしやく》をし、嘉兵衛に言った。

「いや……。お前はどこで聞いた？」

「うちによく顔を出す下っ引きよ。捕まえた中に、一発屋の銀三《ぎんぞう》がいたんですって。殺しは決してしないけど、どんな女でも犯して、一発で孕《はら》ませるという曰《いわ》く付きの男よ」

実代が声を潜めながらも、熱っぽく語った。

あるいは、これも茂助の暗躍による情報なのかも知れない。

茂助も、案外に多くの方面を駆け回って噂《うわさ》を流し、嘉兵衛の娘である実代の耳にも入るよう仕向けたのだろう。

「ううむ……」

「ね、おとっつぁん、もう諦《あきら》めて。私はお武家が身内になるなんて嫌だわ」

沈痛な面持《おもも》ちで唸《うな》る嘉兵衛に、実代が念を押すように言った。

「ああ、うるさい。お前は子供を放ってどこで油を売っているのだ。早く帰りなさい」

嘉兵衛は言い置くと、恭二郎に挨拶《あいさつ》もせず、そのまま足早に立ち去ってしまった。

その後ろ姿を見送り、どうやら嘉兵衛も大部分諦める方向に傾いたようだと恭二郎は思った。

「破落戸が捕まったというのは？」

「ええ、ゆうべのことのようです」

訊くと、実代が答えた。茂助の偽《にせ》情報か、あるいは本当に偶然にも、押し込みが捕まったのかも知れない。

それより実代は、淫気に熱くした眼差《まなざ》しで恭二郎を見た。

「また少しだけ、構いませんか……」

「ええ、行きましょう」

言われて恭二郎も、股間を熱くさせて答えた。

もちろん実代の顔を見た途端に淫気は湧き上がっているし、自分一人で老獪《ろうかい》な嘉兵衛に太刀打《たちう》ちできないかも知れないところを救われたので、恩義も感じていた。

二人は足早に裏道に行き、前に行った待合に入っていった。

二階の、前と同じ部屋に入ると、実代は気が急《せ》くように、すぐにも帯を解きはじめた。

「前の時、腰が抜けるほど良かったです。うちの亭主は、すっかり私には飽きたようで、ここのところちっともしてくれないものですから」

実代は言いながら着物を脱ぎ、みるみる白い肌を露《あら》わにしていった。

恭二郎も大小を置いて手早く袴《はかま》と着物を脱ぎ、時には少し痛そうなふりをしながら全裸になった。

「大丈夫ですか？　押し込みの噂があったけれど」

「ええ……」

「まさか、一発屋の銀三に犯されたのは浦上藩の姫様……？」

「その話は、止《よ》しましょう」

「そうですね。ごめんなさい」

実代の方は、本当に信じ込んでいるようだ。

これなら、また後日も事あるごとに嘉兵衛を説得してくれることだろう。そして実代も、鞠江が犯されたと信じているのなら破談の説得にも力が入りそうだった。

やがて一糸《いっし》まとわぬ姿になった実代が横になると、恭二郎も全裸で添い寝していった。

甘えるように腕枕してもらい、腋《わき》の下に顔を埋《うず》め、腋毛に籠もった甘ったるい濃厚な汗の匂いで胸を満たした。

迫る乳房を見ると、また濃く色づいた乳首からポツンと白濁《はくだく》した乳汁《ちしる》の雫《しずく》が膨《ふく》れ上がっていた。

恭二郎は充分に新造《しんぞう》の体臭を嗅《か》いでから、移動して乳首にチュッと吸い付き舌で転がした。唇で強く挟んで吸うと、生ぬるい乳汁が舌を濡らし、甘い匂いが口に広がった。

「アア……、いい気持ち。もっと吸って……」

実代が喘《あえ》ぎ、自ら豊かな膨らみを揉《も》んで乳汁の出を促した。

恭二郎は、もう片方の乳首も含んで舐め回し、薄甘い乳汁を吸っては心地よく喉を潤《うるお》した。

そして充分に飲んでから、滑《なめ》らかな肌を舐め下り、臍《へそ》を探り、下腹から腰、ムッチリした太腿から脚を舌でたどっていった。

足裏も舐め回し、縮こまった指の股に鼻を割り込ませると、汗と脂《あぶら》に湿って蒸《む》れた匂いが濃厚に籠もっていた。

彼は美女の足の匂いで鼻腔《びこう》を満たし、爪先にしゃぶり付いて全ての指の間を舐め回した。

「あうう……、いけません……」

実代が呻《うめ》き、彼の口の中で指を縮めたが、もちろん拒《こば》みはしなかった。

もう片方の足も味と匂いを充分に堪能し、やがて彼は腹這い、脚の内側を舐め上げながら両膝の間に顔を割り込ませていった。

「ああ……」

実代も熱く喘ぎながら股を開き、期待と興奮に白い下腹を波打たせた。

恭二郎は内腿を舐め上げて股間に進み、熱気を受けながら陰戸《ほと》を見た。

はみ出した陰唇の間からは、まるで乳汁のように白っぽい粘液が溢《あふ》れ出していた。

茂みに鼻を埋め込み、擦《こす》りつけて隅々を嗅ぐと、腋に似た甘ったるい汗の匂いとともに、悩ましい残尿臭も入り混じって鼻腔を刺激してきた。

舌を這わせ、淡い酸味のヌメリをすすり、膣口からオサネまで舐め上げていくと、

「ああ……、いい気持ち……。どうか私にも……」

実代が喘ぎながら、彼の下半身を求めてきた。

恭二郎はオサネに吸い付きながら身を反転させ、彼女の顔の方に肉棒を突き付けていった。

「ンン……」

実代も顔を寄せ、パクッと亀頭にしゃぶり付いて熱く鼻を鳴らした。そのまま喉の奥まで呑み込んで吸い付き、ネットリと舌をからめてきた。

互いに相手の内腿を枕に、最も感じる部分を舐め合い、さらに彼は実代の尻の

方にまで顔を移動させ、谷間の蕾《つぼみ》に鼻を埋め込んだ。

秘めやかな微香を嗅いでから舌先で蕾を舐め、ヌルッと潜り込ませて粘膜を味わうと、再び濡れた陰戸に戻った。

「ク……！」

実代も呻きながら貪《むさぼ》るように一物《いちもつ》をしゃぶり、熱い鼻息でふぐりをくすぐってきた。恭二郎も、生温かな唾液に濡れた肉棒を快感に震わせ、充分に高まるとヌルッと引き抜いた。

身を起こすと彼女が本手《ほんて》を求めるように仰向けになったので、彼も股間を進めて、ゆっくりと挿入していった。

ヌルヌルッと根元まで押し込むと、何とも心地よい肉襞の摩擦と温もり、きつい締め付けが彼自身を包み込んだ。

「ああッ……！　いい。奥まで届く……」

実代が顔を仰《の》け反《ぞ》らせて喘ぎ、両手を伸ばして彼を抱き寄せた。

恭二郎も身を重ね、熟れ肌に重みを預けながらズンズンと腰を突き動かしはじめた。

「アア……、いい気持ち。すぐいきそう……」

実代が喘ぎ、合わせて股間を突き上げてきた。

彼は上から唇を重ね、舌をからめながら美女の甘い唾液と吐息を吸収し、急激に高まっていった。

「く……！」

たちまち恭二郎は昇り詰めてしまい、大きな快感に呻きながら股間をぶつけるように突き動かし、勢いよく射精した。

「ああ……、いく……！」

噴出を感じると実代も口を離して声を上げ、ガクンガクンと狂おしく腰を跳ね上げて気を遣《つか》った。恭二郎は収縮する膣内に心置きなく最後の一滴まで出し尽くし、満足しながら動きを弱めていった。

いつしか実代もグッタリと四肢を投げ出して強《こわ》ばりを解き、なおも一物を締め付けながら荒い呼吸を繰り返した。

膣内の収縮に、過敏になった肉棒がヒクヒクと内部で跳ね上がり、そのたびにキュッときつく締め付けられた。

「アア……、良かったわ……。どうか、これからも会って下さいませ……」

実代が満足げに言い、恭二郎は熱く甘い息を嗅ぎながら、うっとりと快感の余唇を噛み締めたのだった。

二

「どうなさいました。元気がないですね」

中屋敷に戻り、井戸端で水を浴びて着替え、離れに入ろうとしたところで、恭二郎は打ち沈んだ秋乃を見て声をかけた。

「ええ……」

「よろしかったら私に」

言って誘うと、秋乃も離れに入ってきた。

「そうそう、帰り道に嘉兵衛に会いました。もう、だいぶ諦めが付いたような様子でしたが」

「その嘉兵衛のことなのですが」

秋乃が座り、話しはじめた。

「藩士でない者に話すのもどうかと思いますが、もう恭二郎殿とは深く結びついているので構いませんでしょう。実は先ほど、布袋屋から使いがきて手紙を置いていきました」

「はあ、どのような」

「婚儀は白紙に戻すと言ってきました」

「わあ、それは良かったですね」

恭二郎は顔を輝かせたが、秋乃は浮かれなかった。

「しかし、破談に伴い、藩に貸し付けた金を返せと言ってきたのです」

「え？　献金と伺っていましたが」

「確かに五百両頂きましたが、半分は献金、残りは貸し付けということでご家老と約定《やくじょう》を交わしていたのです」

秋乃が言う。

どうやら家老が、丸々もらうのも悪いと思い、半分は貸し付けにしたようだった。その気遣《きづか》いが今となって仇《あだ》となったのだろう。

嘉兵衛も、さすがに藩邸に乗り込むには敷居が高いので、秋乃に言ってきたようだ。

鞠江が生娘《きむすめ》でなくなり、しかも藩の責任ではないのに早々に返却しろというのも身勝手な話だが、望みを失った嘉兵衛にしてみれば、それも仕方のないことなのかも知れない。

余った金があれば、また別の武家娘に使いたいのだろう。

「では、残りの二百五十両をすぐにも返せと言ってきたのですか」

「すぐには無理ですが、とにかく少しずつ返してゆくことになりましょう。これから藩邸に赴《おもむ》き、その旨《むね》お話しするのが気重でなりません」

「そうですか……」

恭二郎は言い、我が事のように嘆息した。

「それともう一つ。姫様が、どうにも恭二郎殿に嫁《とつ》ぎたいと……」

「え……？」

「それも、これからご家老と若君にお話ししなければなりませんが」

「ちょ、ちょっとお待ち下さい……」

「ご承服できませぬか」

「そうではなく、私は何も持っていません。実家は貧乏御家人ですし、次男坊の私には家も財産もないし、学問所の役職も低いものです」

「姫様が、それでもとお望みなのです。まして、ご懐妊《かいにん》もほぼ確実と思われますので」

秋乃が言い、恭二郎も腕を組んで考え込んだ。

まあ、それでも家老や若殿が許すとも思えないので、まずは結果を聞いてから悩もうと思った。それよりも恭二郎は、今は目の前にいる秋乃に欲情していたのだ。

「あの、藩邸に行く前に少しだけ……」

にじり寄って言うと、秋乃も気が進まぬだけに、目の前の快楽で気を紛《まぎ》らす気になったようだ。

唇を求めると、秋乃も応じてピッタリと唇を重ねてきた。

恭二郎は感触を味わい、湿り気ある甘い息の匂いに酔いしれながら舌を挿《さ》し入れていった。

滑らかな歯並びを舐めると、彼女も口を開いて舌をからませ、チロチロと蠢《うごめ》かせてきた。彼は生温かくトロリとした唾液を味わい、美女の吐息で胸を満たした。

「ンン……」

秋乃も熱く鼻を鳴らし、しがみつきながら彼の舌を吸った。

そのまま恭二郎は彼女と一緒に畳に横たわり、唇を離して足の方に顔を移動させた。

指の股を嗅ぎ、爪先をしゃぶりながら裾《すそ》を開き、顔を潜り込ませていった。

布団も敷かず、着物も脱がずに慌ただしく貪り合うことで、かえって興奮が高まった。

完全に着物と腰巻の裾をまくり上げ、大股開きにさせて顔を迫らせると、

「アアッ……」

秋乃は全裸以上に羞恥を感じたように喘ぎ、ヒクヒクと内腿を震わせて、湿り気混じりの熱気を揺らめかせた。

恭二郎はムッチリした白い太腿を舐め上げ、温かく薄暗い股間に迫った。

割れ目からはみ出す陰唇は興奮に濃く色づき、ヌラヌラと大量の蜜汁に潤っていた。

黒々と艶《つや》のある茂みに鼻を埋め込むと、生ぬるい汗の匂いがふっくらと籠もり、彼は深呼吸して甘い匂いで胸を満たした。

舌を這わせると、淡い酸味のヌメリが迎え、彼は襞の入り組む膣口から、突き立ったオサネまで舐め上げていった。

「ああ……、いい気持ち……」

秋乃が身を弓なりにさせて喘ぎ、内腿で彼の顔を締め付けてきた。

恭二郎も念入りにオサネに吸い付いては溢れる淫水をすすり、さらに腰を浮かせて尻の谷間にも鼻を埋め込んでいった。

蕾に籠もる微香を嗅ぎ、顔中に豊満な双丘を感じながら舌を這わせた。

潜り込ませてヌルッとした粘膜も味わい、充分に蠢かせてから再び陰戸に戻ると、

「も、もう……」

秋乃が言って身を起こしてきた。

そして入れ替わりに恭二郎を仰向けにさせ、裾をめくり上げて下帯《したおび》を解き放つと、屹立《きつりつ》した一物に屈《かが》み込み、スッポリと呑み込んでいった。

「アア……」

今度は恭二郎が快感に喘ぎ、美女の口の中で生温かな唾液にまみれた幹をヒクヒク震わせた。

「ンン……」

秋乃は喉の奥まで含み、熱い鼻息で恥毛をくすぐった。

上気した頰をすぼめて吸い、内部ではクチュクチュと舌が蠢いた。

やがて充分に高まると、彼は秋乃の手を引いて跨《また》らせていった。

彼女も素直に身を起こして跨ぎ、自らの唾液にまみれた先端を濡れた陰戸に押し当て、ゆっくりと息を詰めて腰を沈めてきた。

張り詰めた亀頭が潜り込むと、あとはヌルヌルッと滑らかに根元まで呑み込まれていった。

「あぁッ……、いい気持ち……！」

秋乃が顔を仰け反らせて喘ぎ、キュッキュッと味わうように一物を締め付けてきた。恭二郎も股間に温もりと重みを受け、肉襞の摩擦と温もりに包まれて快感を嚙み締めた。

裾が股間を覆《おお》ったので、互いに着衣のまま、肝心な部分だけが繫《つな》がっているという、普段と違う状況が興奮を高めた。

やがて秋乃が覆いかぶさり、恭二郎も抱き留めながらズンズンと股間を突き上げはじめた。

そして下から喘ぐ口に鼻を押しつけ、白粉《おしろい》のように甘い刺激の息を嗅ぎ、彼は激しく高まっていった。

「アア……、いく……！」

秋乃も激しく腰を動かして口走り、やがて絶頂の痙攣《けいれん》を開始した。

粗相《そそう》したように淫水が漏れ、互いの股間をビショビショにさせた。膣内が艶《なま》めかしい収縮を繰り返し、たちまち恭二郎も大きな絶頂の快感に全身を貫かれていった。

「く……！」

昇り詰めて呻き、ありったけの精汁をドクンドクンと勢いよくほとばしらせると、

「ああッ……、すごいわ。もっと！」

秋乃が噴出を感じて喘ぎ、さらにきつくキュッと締め上げてきた。

恭二郎は心ゆくまで快感を味わい、最後の一滴まで絞り尽くした。

そして突き上げを弱め、満足しながら力を抜いてゆくと、秋乃もグッタリとのしかかって荒い呼吸を繰り返した。

彼は膣内でヒクヒクと幹を震わせ、美女の甘い息を嗅ぎながら余韻に浸ったのだった。

「これで、少し元気が出てきました……」

秋乃が言い、呼吸を整えて身を起こした。そして懐紙《かいし》で互いの股間を始末して身繕《みづくろ》い、やがて彼女は出て行ったのだった。

三

「私にも教えて下さい。いずれ、恭二郎のため炊事《すいじ》をするのですから」

厨《くりや》で、秋乃がいないため雪絵が夕餉《ゆうげ》の仕度をしていると、鞠江も出てきて襷掛《たすきが》けで言った。

鞠江は、男装で女らしいことに慣れない雪絵より、よほど手際よく仕度をはじめた。

恭二郎は厨に入らないまでも、それを微笑《ほほえ》ましげに眺めていた。

もう日も傾き、間もなく秋乃も藩邸から帰ってくるだろう。

すると玄関が開き、秋乃が戻ってきたようだ。

「あはははは……」

と、同時に笑い声が聞こえてきたので、思わず恭二郎は雪絵や鞠江と顔を見合わせ、玄関の方へ急いだ。

すると、上機嫌の秋乃が上がってきたところだった。

「ど、どうなさったのです……」

恭二郎は、日頃淑《しと》やかな秋乃が大口を開けて笑っているので、気が触れたのではないかと心配になって言った。

「あ、秋乃……」

鞠江まで驚いて出てきたが、秋乃もようやく哄笑《こうしょう》を止《や》め、皆を見回した。

「とにかくお座敷へ。お話があります」

秋乃が言い、一同もむろんのこと足早に座敷に戻り、四人が車座となった。

「失礼、あまりに可笑《おか》しくて……」

秋乃は言い、口を押さえて咳払《せきばら》いをした。

「な、何があったのです。藩邸で」

恭二郎が言いかけると、秋乃は手で制して話しはじめた。

「私は、嘉兵衛から言われたことをご家老に報告に参りました。すると、国許から大変な報《しら》せが来たところだったのです」

「国許から……?」

鞠江が言い、小首を傾《かし》げた。

「実は、洪水を起こしたご領内の川から、大量の砂金が取れるようになったのです」

「さ、砂金が……」

「ええ、すぐにも小判に替え、近在の人を雇って工事は滞《とどこお》りなく進んでおります。むろん砂金のことは、他の領地のものには内緒で採《と》り、どんどん貯まっているようです」

秋乃が明るい表情で言った。

「嘉兵衛への二百五十両は、利子を添えて即金で返せる手立てとなりました。工事の方も間もなく終わるようですし、藩としてはなんの憂《うれ》いもなくなったことになります」

「何と……」

恭二郎は呟《つぶや》き、また思わず雪絵と顔を見合わせた。

「それで秋乃、私と恭二郎殿とのことは」

鞠江が言うので、秋乃も彼女の方に向き直った。

「はい。お許し下さいました」

「まあ！」

秋乃の言葉に、鞠江も顔を輝かせた。

「嘉兵衛などに嫁がせることに比べれば、同じ武士。御家人でも構わないと。そういうわけで恭二郎殿。近日中に藩邸へお越し願い、若君とご家老に御目通り願います」

「し、しかし……。藩の財政が立て直ったのなら、もっと良いご縁談が……」

「いいえ。若君もご家老様も、姫様のお気持ちを第一としていらっしゃいますので」

秋乃が言う。

どうやら本当に、鞠江は恭二郎の妻になってしまうようだった。もちろん拒《こば》む理由はないが、それが現実のことなのかどうか、恭二郎にはまだ実感が湧かなかった。

「恭二郎、それは良かった」

雪乃も言ってくれ、恭二郎は曖昧《あいまい》な笑顔で頷《うなず》くしかなかった。

どうやら藩主も家老も、金で鞠江を売ろうとしたことを激しく悔《く》やみ、それなら姫の意向を叶《かな》えてやろうという贖罪《しょくざい》の気持ちもあるようだった。

「しょ、承知致しました。では実家へ戻って報告の上、藩邸へ参上つかまつります」

「ええ。それから、しばらくはこの中屋敷で暮らして構わぬとの若君の仰《おお》せですので、当面はご滞在下さいますように」

「分かりました。助かります……」

言われて、恭二郎は頷いた。

「では、仕事も終えたようだから、私だけ明日にも神田《かんだ》に帰ることにしよう」

雪絵が言い、もう芝居の必要もなくなったので、絆創膏を剝《は》がし、晒を解きはじめた。

やがて四人で夕餉を済ませ、恭二郎は離れではなく、もう許婚《いいなずけ》なのだからと鞠江の寝所に寝ることになった。

鞠江も幸福感に満ちた、実に良い笑顔で彼を迎えた。

まだ実感は湧かないが、もちろん恭二郎は激しい淫気に包まれ、美しく清らかな鞠江を前に勃起していった。

「気分は大丈夫ですか」

「ええ、明日にもまた鉄丸先生が来て下さいますし、孕んだことも確かなものとなりましょう。最近は、何かと生唾《なまつば》が湧きます」

聞くと、鞠江が答えた。

とにかく恭二郎は脱ぎ去り、鞠江も一糸まとわぬ姿になっていった。

彼は布団に仰向けになり、鞠江を顔の横に立たせた。

「足を、私の顔に乗せて下さいませ」

「そんな、旦那《だんな》様になる方に、そのようなこと出来ません……」

勃起しながら言うと、鞠江は声を震わせて答えた。

「ですから、正式な夫婦《めおと》になる前にして頂きたいのです」

「本当に、構わないのですか……」

「ええ、どうか」

「では、恭二郎殿の願いと言うのなら……」

鞠江も頷き、顔の横に立ったまま、そろそろと片方の足を浮かせ、彼の顔に乗せてきた。

「アア……」

鞠江は小さく喘ぎ、壁に手を突いてふらつく身体を支えた。

恭二郎は舌を這わせ、踵《かかと》から土踏まずを舐めながら姫君の身体を見上げた。

膝がガクガク震え、真下から見られるのを羞じらうように手を乳房に当てていた。

まだ、下腹の膨らみは分からないが、陰戸はヌメヌメと潤っていた。

指の股に鼻を割り込ませて嗅ぐと、今日の彼女は厨の手伝いなど、いつになく動いたようで、そこは生温かな汗と脂に湿り、蒸れた匂いが程よく籠もっていた。

恭二郎は姫君の足の匂いを貪り、爪先にしゃぶり付いた。

桜色の爪を嚙み、全ての指の間にヌルッと舌を割り込ませて味わい、やがて足を交代してもらった。

「ああ……、くすぐったい……」

もう片方の足も味と匂いを貪ると、鞠江が小さく喘ぎ、彼の口の中で爪先を縮めた。

やがて彼は足首を摑《つか》んで顔を跨がらせ、両手を引っ張ってしゃがみ込ませていった。鞠江も素直に厠《かわや》に入った格好になり、恭二郎の鼻先に陰戸を迫らせてきた。

先に彼は、白く丸い尻の真下に潜り込み、谷間の蕾に鼻を埋め込んだ。

顔中にムッチリとした双丘が密着し、秘めやかな微香が馥郁《ふくいく》と鼻腔を搔き回してきた。

彼は充分に匂いを嗅いでから、舌先でチロチロと蕾を舐めた。

細かに震える襞を唾液に濡らし、ヌルッと潜り込ませて粘膜を味わうと、

「あう……！」

鞠江が呻き、キュッと肛門で舌先を締め付けてきた。

恭二郎は姫君の粘膜を舐め回し、やがて鼻先に滴《したた》る蜜汁をたどるように、陰戸へと舌を移動させていった。

柔肉はヌメヌメと潤い、光沢を放つオサネもツンと突き立っていた。

彼は柔らかな茂みに鼻を埋め、割れ目に舌を這わせていった。

四

「アアッ……、いい気持ち……」

鞠江が熱く喘ぎ、膣口を息づかせながら、新たな淫水を垂らしてきた。

恭二郎は淡い酸味のヌメリをすすり、若草に籠もった汗とゆばりの匂いを胸いっぱいに吸い込んだ。

オサネを舐めると、白い下腹がヒクヒクと波打ち、鞠江の呼吸が荒くなっていった。

「ね、姫様……」

「どうか、鞠江と……」

「婚儀を済ませたら呼びます。今は、どうか姫君でいて下さい」

恭二郎は真下から言った。

「ゆばりを放って下さい。どうしても、飲んでみたいのです」

「そ、そんな……」

「どうか、お願いします」

言いながら陰戸に吸い付くと、鞠江も快感に朦朧《もうろう》となり、無意識に下腹に力を入れ、尿意を高めはじめてくれた。

「ほ、本当に良いのですか……。ああ……、出る……」

鞠江が声を震わせて言い、同時に柔肉が迫《せ》り出すように盛り上がり、味わいと温もりが変化した。

そしてチョロチョロと弱々しい流れが彼の口に注がれてきた。

恭二郎は夢中で受け止め、淡い味と匂いを噛み締めながら喉に流し込んでいった。

「アア……」

鞠江は恐ろしげに息を震わせながら、ゆるゆると放尿を続けた。

しかし、あまり溜まっていなかったか、一瞬勢いが付くと、すぐに弱まって流れは治まってしまった。

恭二郎もこぼさずに済み、全て飲み込んでから舌を這わせ、余りの雫をすすった。たちまち柔肉には新たな蜜汁が溢れ、ヌラヌラと舌の動きが滑らかになっていった。

オサネを舐めると、鞠江はヒクヒクと白い下腹を波打たせ、

「も、もう堪忍《かんにん》……」

か細く言って股間を引き離してしまった。

そのまま彼女の顔を押しやると、鞠江も素直に移動し、屹立した肉棒に屈み込んでくれた。

恭二郎は受け身に転じて身を投げ出し、股間に熱い息を感じた。

鞠江は舌を伸ばし、チロチロと先端を探り、鈴口《すずぐち》から滲《にじ》む粘液を舐め取ってくれた。

さらに張り詰めた亀頭にしゃぶり付き、チュッと吸い付いた。

「どうか、ここも……」

恭二郎が言ってふぐりを指すと、彼女はスポンと口を離し、袋を舐め回し、睾《こう》丸《がん》を転がしてくれた。さらに両脚を浮かせると、鞠江は自分から彼の肛門を舐め、

ヌルッと潜り込ませた。

「あう……」

恭二郎は畏《おそ》れ多い禁断の快感に呻き、キュッキュッと姫君の舌先を肛門で締め付けて味わった。

鞠江が充分に舌を蠢かすと、彼は脚を下ろした。

すると彼女も、再び肉棒の裏側を舐め上げ、再び根元まで深々と呑み込んでくれた。

熱い鼻息が恥毛をそよがせ、唾液に濡れた口が幹の付け根を丸くキュッと締め付けた。口の中ではクチュクチュと舌がからみつき、たちまち一物は清らかな唾液にまみれて震えた。

高まった彼は鞠江の手を握って引っ張り、茶臼《ちゃうす》で股間に跨がらせていった。

すでに孕んでいるなら、上に乗らない方が良いだろう。

彼女も先端を陰戸にあてがい、息を詰めて腰を沈み込ませてきた。

たちまち亀頭が潜り込み、あとは重みとヌメリでヌルヌルッと根元まで入っていった。

滑らかな肉襞の摩擦と締め付け、熱いほどの温もりに包まれ、恭二郎は快感に高まっていった。

「アア……、いい気持ち……」

すでに絶頂を知っている鞠江は顔を上向けて喘ぎ、キュッと締め付けながら身を重ねてきた。

恭二郎は両手を回して抱き留め、僅《わず》かに両膝を立てて感触を嚙み締めた。

顔を上げ、薄桃色の乳首を含んで舐め回し、甘ったるい体臭に包まれた。

左右の乳首を交互に吸って舌で転がし、さらに腋の下にも顔を埋め込み、和毛《にこげ》に籠もった汗の匂いに噎《む》せ返った。

「ね、姫様、唾を飲ませて……」

「い、いっぱい出ますけれど……」

せがむと、鞠江も顔を寄せて答え、愛らしい唇をすぼめた。

たちまち白っぽく小泡の多い唾液が、言う通り大量にトロトロと吐き出されてきた。

やはり懐妊による影響なのだろう。生温かく粘り気のある唾液を大量に舌に受け止め、彼は味わってからうっとりと飲み込んだ。

甘味な悦《よろこ》びが胸に広がり、恭二郎は酔いしれながらズンズンと股間を突き上げはじめた。

「あうう……、もっと……」

鞠江も感じて呻き、突き上げに合わせて腰を遣ってくれた。

「顔中にも垂らして下さい……」

言うと、鞠江も後から後から唾液が湧いてくるように、クチュクチュと垂らし、鼻筋から頬まで生温かく濡らしてくれた。

恭二郎は顔中ヌルヌルにまみれ、甘酸っぱい果実臭を嗅ぎながら絶頂を迫らせていった。

懐妊によるものなのか、弾ける小泡のみならず、唾液そのものに、ほんのり甘酸っぱい匂いがあった。

「強く吐きかけて……」

「そ、そのようなこと……。でも、どうしてもお望みなら……」

せがむと、鞠江は素直に言いなりになってくれた。

姫様育ちだが、案外従順な妻になるのかも知れない。

彼女は唇をすぼめ、遠慮がちにペッと吐きかけてくれた。

「ああ……、もっと強く。本気で思い切り……」

恭二郎はかぐわしい息を顔中に感じ、生温かな唾液の固まりを鼻筋に受けながら言った。

鞠江は、さらに強めに吐きかけてくれた。

「ああ……、気持ちいい……」

彼はうっとりと喘ぎ、姫君の唾液と吐息に高まった。

さらに顔を引き寄せると、鞠江も舌を這わせ、彼の鼻の穴から唇、頬や瞼《まぶた》まで舐め回してくれた。滴る唾液を舌で顔中に塗り付け、恭二郎は堪《たま》らずに突き上げを速めた。

そして唇を重ね、かぐわしい息を嗅ぎながら舌をからめた。

「アア……、いい気持ち。身体が宙に、アアーッ……！」

たちまち鞠江が気を遣ってしまい、口を離して声を上ずらせながらガクンガクンと狂おしい痙攣を開始した。

膣内の収縮に巻き込まれ、続いて恭二郎も昇り詰めてしまった。

「く……！」

突き上がる大きな絶頂の快感に呻き、ありったけの熱い精汁をドクドクと勢いよく大量にほとばしらせた。

「ああ……、熱いわ。感じる……」

鞠江が噴出を受け止めて駄目押しの快感に口走り、飲み込むようにキュッキュッときつく締め付けてきた。

恭二郎は心ゆくまで快感を貪り、最後の一滴まで出し尽くしていった。

すっかり満足すると、徐々に突き上げを弱めて四肢を投げ出した。

「ああ……」

鞠江も満足げに声を洩らし、力を抜いてグッタリと彼に身体を預け、もたれかかってきた。

まだ膣内はキュッキュッと収縮を繰り返し、刺激されるたび射精直後の一物がヒクヒクと過敏に内部で跳ね上がった。

「あう……、感じすぎるわ……」

鞠江が息を詰めて口走り、押さえつけるように、さらにキュッときつく締め上げてきた。

恭二郎は鞠江の重みと温もりを全身に受け止め、甘酸っぱい吐息と唾液の匂いを間近に嗅ぎながら、うっとりと快感の余韻を味わったのだった。

（本当に、この姫君が私の妻に……？　そして、本当に私の子が、すでに中で息づいている……？）

恭二郎は呼吸を整えながら思い、愛《いと》しげに鞠江を抱きすくめたのだった。

五

（なんと、慌ただしい……）

翌日、恭二郎は学問所の帰り、あちこち歩き回った。

まずは実家の御家人屋敷へ行き、父母と兄に婚儀の報告をした。

最初は、誰も信じようとせず、何かに騙《だま》されているのではないかと言われたが、懇々《こんこん》と説得して分かってもらった。

そして、その足で呼び出しを受けている浦上藩邸へと赴いたのだ。

すでに秋乃が来ていて、玄関から奥へ案内してくれた。

さすがに小名とはいえ上屋敷は大きく、池のある庭も広々としていた。

まずは江戸家老に会い、さらに鞠江の兄で、藩主である浦上栄輔《えいすけ》に目通りをした。

家老も若殿も実に優しく、鞠江の意思を尊重してくれたのだった。

二人の上機嫌は、砂金で藩政が立ち直ったことが大いに影響しているのだろう。そして困窮から抜け出しても、貧乏御家人との婚儀を許してくれた。

とにかく恭二郎は緊張しながら、藩邸を辞したのだった。

そして報告に、神田の越中屋に行って美津に挨拶した。

「いま先生は、中屋敷に行って姫君の具合を診《み》ているわ。きっと、孕んだことも確実となっているでしょう」

「はい。何かとお世話になり恐縮です」

恭二郎は頭を下げて言い、美津と二人きりだと、またムクムクと勃起してきてしまった。

民は買い物に出ているようだ。

「それで、二人で住む家の方は」

「しばらくは中屋敷で暮らしますので、もしまた手籠め人の依頼があれば、できる範囲でお手伝いさせて下さい」

「まあ、そんな余裕があるのかしら」

美津が、呆《あき》れたように言った。

「はあ、婚儀が正月と決まりましたので、しばらくは今までと同じ暮らしですから」

「そう、布袋屋が決めていた正月に」

「ええ、なんだか丸ごと横取りしたようで決まり悪いのですが」

「いいえ、嘉兵衛はすぐにも次の武家娘に狙いを定めたようですよ。やはり困窮している小名に目を付けて」

「そうですか……」

恭二郎が答え、ソワソワしていると、すぐにも美津は彼の淫気を見抜いたようだった。

「民が戻るまで、まだ半刻（約一時間）はかかるでしょうから、しましょうか」

「構いませんか」

言われて、彼は顔を輝かせて答えていた。

美津は笑みを洩らしながら彼を別室に誘い、手早く床を敷き延べた。

恭二郎も大小を置き、気が急く思いで袴と着物を脱ぎ去っていった。

彼女も帯を解き、着物を脱いでみるみる白い熟れ肌を露わにした。

一緒に横になると、彼は甘えるように腕枕してもらい、豊かな乳房に手を這わせながら、腋の下に顔を埋め込んだ。

「いい匂い……」

恭二郎は、自分にとって初めての女の体臭に噎せ返りながら、うっとりと言った。

全ては、この美津の肌から始まったのである。

彼は柔らかな腋毛に鼻を擦りつけ、甘ったるい濃厚な汗の匂いを嗅ぎながら膨らみを揉み、乳首を弄《もてあそ》んだ。

そして口を移動させ、色づいた乳首にチュッと吸い付き、舌で転がして顔中を豊満な膨らみに押しつけて感触を味わった。

「アア……」

美津も熱く喘ぎはじめ、うねうねと熟れ肌を悶《もだ》えさせた。

恭二郎はもう片方の乳首も含んで舐め回し、やがて滑らかな肌を舐め下りていった。

臍を探り、下腹から腰、ムッチリした太腿へと舌でたどった。

脚を舐め下り、足裏にも舌を這わせ、指の間に鼻を割り込ませ、汗と脂に湿って蒸れた匂いを貪った。

爪先にしゃぶり付き、指の股に順々に舌を挿し入れると、

「あう……」

美津が呻き、くすぐったそうに脚を震わせ、指を縮めた。

恭二郎は両足とも味と匂いが薄れるほど貪り、脚の内側を舐め上げて股間に顔を進めていった。

彼女も僅かに立てた両膝を全開にしてくれ、熱気の籠もる陰戸を丸見えにさせてくれた。

彼は内腿を舐め上げ、湿り気の漂う割れ目に迫った。

黒々と艶のある茂みは、下の方に淫水の雫を宿し、すでに濡れていることが彼には嬉《うれ》しかった。

陰唇を開くと、桃色の柔肉がヌメヌメと潤い、かつて民を産み出した膣口も襞を震わせて息づいていた。オサネはツヤツヤと光沢を放ち、包皮を押し上げるように突き立っていた。

恭二郎は堪らず、ギュッと顔を埋め込んでいった。

柔らかな恥毛の丘に鼻を擦りつけ、隅々に籠もる汗とゆばりの匂いを嗅ぎ、舌を這わせると淡い酸味のヌメリが迎えてくれた。

膣口の襞を搔き回し、淫水をすすりながらオサネまで舐め上げていくと、

「あぁッ……、いい気持ち……」

美津が身を反らせて喘ぎ、内腿でキュッときつく彼の両頬を挟み付けてきた。

彼は豊かな腰を抱え、執拗《しつよう》にオサネを吸い、舌で弾くように舐め続けた。

さらに脚を浮かせ、白く丸い尻の谷間にも迫り、キュッとつぼまった桃色の蕾に鼻を埋め込んだ。

秘めやかな微香を嗅ぎ、胸の奥まで悩ましく刺激されながら、舌先でチロチロと細かな襞を舐め回した。さらにヌルッと潜り込ませ、滑らかな粘膜も味わってから、再び陰戸に戻ってオサネを舐めた。

「すっかり上手《じょうず》になったわ……。今度は私が……」

美津が息を弾ませて言い、身を起こしてきた。

恭二郎も股間から離れて、入れ替わりに仰向けになっていった。

彼女は、大股開きになった彼の股間に腹這い、白く美しい顔を迫らせて、まずはふぐりから舐めはじめた。

「ああ……」

受け身になった恭二郎が喘ぐと、美津は念入りに舌で睾丸を転がし、袋全体を生温かな唾液にまみれさせた。さらに彼の腰を浮かせ、肛門もチロチロと舐め、ヌルッと潜り込ませた。

「く……」

恭二郎は妖《あや》しい快感に呻き、肛門でモグモグと美女の舌先を締め付けた。屹立した一物が、内部から操《あやつ》られるようにヒクヒクと上下に震えた。

やがて彼女は充分に舌を蠢かせてから、彼の脚を下ろして一物を舐め上げてきた。

裏筋を舐め、先端に達すると鈴口に舌を這わせ、滲む粘液を拭《ぬぐ》い取ってくれた。そして丸く開いた口でスッポリと喉の奥まで呑み込み、頬をすぼめて吸い付きながら舌をからめてきた。

「アア……、気持ちいい」

恭二郎はうっとりと喘ぎ、唾液にまみれた幹を彼女の口の中で脈打たせた。

美津も熱い鼻息を恥毛に籠もらせながら、念入りに舌をからめ、たっぷりと唾液にぬめらせてくれた。

やがて彼が充分に高まると、お見通しの美津はスポンと口を引き離し、身を起こして跨がってきた。これも、彼が茶臼が好きなのを良く承知しているのだろう。

先端を陰戸に押し当て、息を詰めて腰を沈み込ませてきた。

一物はヌルヌルッと滑らかに根元まで肉壺に没し、彼女は完全に座り込んで股間を密着させた。

「ああ……、いい気持ち……」

美津が顔を仰け反らせて喘ぎ、グリグリと股間を擦りつけるように動かしてから、ゆっくりと身を重ねてきた。

恭二郎も両手を回し、温もりと感触を味わいながらズンズンと小刻みに股間を突き上げはじめた。すると美津も合わせて腰を遣い、上からピッタリと唇を重ねてきた。

「ンン……」

熱く甘い息を籠もらせ、彼女はネットリと舌をからませた。

恭二郎も徐々に突き上げを速めながら、美女の舌を舐め回し、甘い唾液と吐息を貪った。

淫水が大量に溢れ、たちまち二人は昇り詰めていった。

「い、いく……。アアーッ……！」

「く……！」

同時に声を洩らし、恭二郎は熱い大量の精汁を勢いよく注入した。

そして溶けてしまいそうな快感に包まれながら、彼は今後、自分はどうなってゆくのだろうかと思うのだった……。

コスミック・時代文庫

手《て》籠《ご》め人源《にんげん》之《の》助《すけ》秘帖《ひちょう》
とろけ姫君

2025年3月25日　初版発行

【著 者】
睦月影郎《むつきかげろう》

【発行者】
松岡太朗

【発 行】
株式会社コスミック出版
〒154-0002 東京都世田谷区下馬 6-15-4
代表　TEL.03(5432)7081
営業　TEL.03(5432)7084
FAX.03(5432)7088
編集　TEL.03(5432)7086
FAX.03(5432)7090
【ホームページ】
https://www.cosmicpub.com/
【振替口座】
00110-8-611382
【印刷／製本】
中央精版印刷株式会社

乱丁・落丁本は、小社へ直接お送り下さい。郵送料小社負担にて
お取り替え致します。定価はカバーに表示してあります。

ISBN978-4-7747-6634-8 C0193